School of Talents

Vierte Stunde: Schulfest im Schneckentempo!

ÜBER ALLE GRENZEN
SCHOOL OF TALENTS

Erste Stunde: Tierisch laut!

Zweite Stunde: Stromausfall!

Dritte Stunde: Monster in Sicht!

Vierte Stunde: Schulfest im Schneckentempo!

Fünfte Stunde: Klassen treffen!

Sechste Stunde: Nebelalarm!

Siebte Stunde: Mutprobe!

Weitere Abenteuer sind in Vorbereitung!

Silke Schellhammer

School of Talents

Über alle Grenzen

Vierte Stunde: Schulfest im Schneckentempo!

Mit Bildern
von Simona M. Ceccarelli

CARLSEN

DAS IST RODRIGO. Er ist ein seltsamer Vogel, mit dem Alva sich unterhalten kann.

ÜBER ALLE GRENZEN – DIE SCHOOL OF TALENTS

DAS SIND MALA, JONAS UND TILL. Sie sind Alvas neue Freundinnen und Freunde auf der SCHOOL OF TALENTS und sind zu jedem Abenteuer bereit!

DAS IST ALVA. Sie ist neu auf der SCHOOL OF TALENTS, liebt Rätsel und will vor allem eins: endlich keine Tiere mehr verstehen!

SCHULDIREKTOR THOMAS FRANZEN ist Alvas Onkel und hat die SCHOOL OF TALENTS gegründet. Er ist außerdem Gedankenleser, aber das ist geheim!

FRIEDERIKE UND ELWIN gehen auch auf Alvas neue Schule. Friederike ist eine echte Miesepeterine und Alvas Zimmernachbarin. Elwin glaubt, er sei die wichtigste Person im Universum. Alva weiß noch nicht so recht, was sie von den beiden halten soll.

Auf der SCHOOL OF TALENTS ist auch der Unterricht außergewöhnlich … genau wie die Lehrerinnen und Lehrer. FRAU MOLINA ist sehr lustig und führt gerne mal ein Tänzchen auf. FRAU TINERIUS ist echt streng und ihre Donnerwetter sind gefürchtet.

Über alle Grenzen

Die School of Talents

INHALT

KAPITEL 1

HEUSCHRECKEN KÖNNEN SPUCKEN?

Eilig hüpfte Alva die Treppe in ihrem Wohnhaus nach unten. Mist! Sie war schon viel zu spät dran. Dabei hatte sie Mala und Lenni versprochen, beim heutigen Fußballtraining zuzuschauen.

Sie rannte den schmalen Gang an der Garderobe vorbei Richtung Haustür. Verdutzt schaute sie über ihre Schulter. Lag da im Postkörbchen nicht ein Umschlag mit der krakeligen Handschrift ihres Bruders? Sie ging die paar

Schritte zurück. Und ja, wirklich, der oberste Brief war an sie adressiert. Juhuuu! Post von zu Hause! Freudig schnappte sie sich den Umschlag und spurtete weiter. Noch im Gehen öffnete sie den Brief, zog ungeduldig das Papier heraus und begann zu lesen.

HI, DU DRÜCKEBERGERIN,

DU FEHLST HIER TOTAL! SEIT DU IN DIESEM BLÖDEN INTERNAT BIST, ERZIEHT MAMA DIE GANZE ZEIT NUR NOCH AN MIR RUM. DAS NERVT!

NICHT MAL AMEISEN DARF ICH IN MEINEM ZIMMER ZÜCHTEN! UND WUSSTEST DU, DASS ES VERBOTEN IST, IN UNSEREM GARTEN RAKETEN STARTEN ZU LASSEN? WANN IST DAS DENN ENTSCHIEDEN WORDEN? ALS OB SO ROSEN NICHT EINFACH WIEDER WACHSEN WÜRDEN!

TUT MIR LEID, DASS ICH MICH NICHT FÜR DICH FREUEN KANN. ABER HIER IST ES ZURZEIT ECHT EIN BISSCHEN ZU ANSTRENGEND.

UND DANN SCHREIBST DU AUCH NOCH, DASS ES DIR AUF DEINER SCHULE GEFÄLLT UND DU BLEIBEN MÖCHTEST. SO HATTEN WIR DAS ABER NICHT AUSGEMACHT! WAR DA NICHT VON EIN PAAR WOCHEN DIE REDE?

WAS IST DAS ÜBERHAUPT FÜR EIN KOMISCHER LADEN? HABT IHR AUCH MAL NORMALEN UNTERRICHT? ODER DREHT IHR NUR FILME, SAMMELT STEINE UND REPARIERT ELEKTRISCHE GERÄTE KAPUTT? SO FUNKTIONIERT SCHULE DOCH NICHT! WARUM BIN ICH EIGENTLICH DER EINZIGE, DEM DAS AUFFÄLLT?

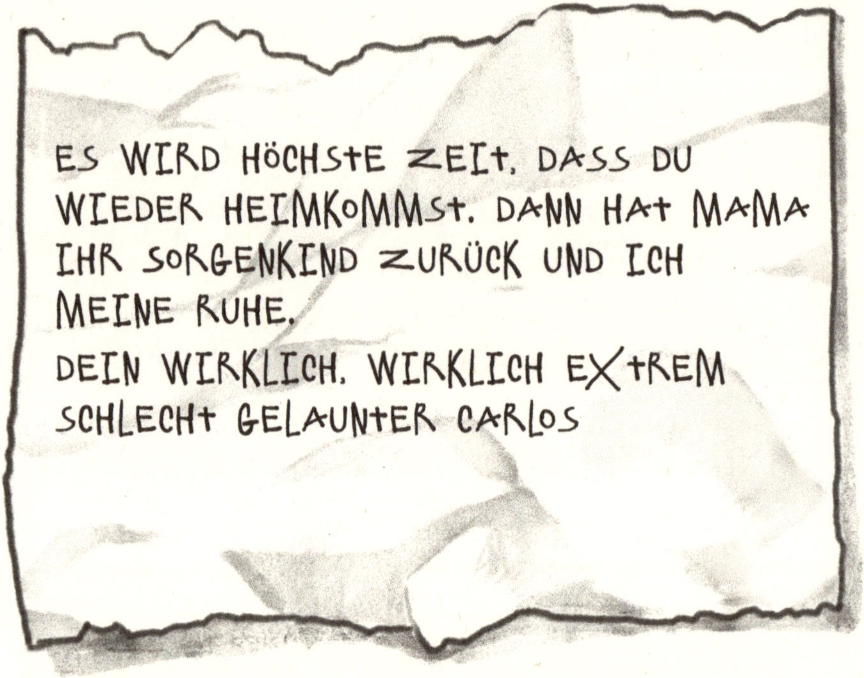

ES WIRD HÖCHSTE ZEIT, DASS DU WIEDER HEIMKOMMST. DANN HAT MAMA IHR SORGENKIND ZURÜCK UND ICH MEINE RUHE.

DEIN WIRKLICH, WIRKLICH EXTREM SCHLECHT GELAUNTER CARLOS

Grinsend steckte Alva den Brief zurück in den Umschlag. Ihre Mutter hatte also bemerkt, dass ihr kleiner, süßer Wonneproppen gar nicht so brav war, wie alle gedacht hatten. Wenn Mama wüsste, dass Alvas Bruder schon immer staatenbildende Insekten in seinem Zimmer gezüchtet hatte, würde sie ausflippen. Und falls sie jetzt auch noch sein Böller-betriebenes Geländefahrzeug unterm Bett entdeckte …

Plötzlich tönte eine anklagende Stimme aus der Wiese neben Alva:

„Mamaaaaa, Declivi hat mich angespuckt!"

Und sofort erklang eine zweite, wenig einsichtige Stimme:

„Gar nicht! Ich hab nur geübt!"

Alva beugte sich nach vorne und suchte zwischen den Halmen nach den zankenden Insekten. Sie entdeckte drei Heuschrecken. Eine davon war deutlich größer und offenbar auch vernünftiger. Sie ermahnte gerade die zwei Kleineren:

„Schluss jetzt! Wir üben nicht spucken, sondern zirpen. Lass mal hören, Declivi!"

Manchmal fand Alva es schon ziemlich cool, Tiere zu verstehen. Wie jetzt, als sie die Einzige war, die mitbekam, dass sich Insektenkinder auch stritten. Eine der kleineren Heuschrecken vollführte fast einen Kopfstand und schlug mit den Hinterbeinen gegen ihre Flügel. Dabei entstand ein zögerlich zirpendes Geräusch. Die andere Heuschrecke rief vorlaut:

„Haha! Total schlecht, oder?"

Beleidigt beschwerte sich Declivi:

„Dann mach's doch besser, du blöde Larve!"

Auf einmal stand Jonas neben Alva. „Na, was berichtet der Wiesenfunk denn heute Spannendes?", erkundigte er sich.

„Heuschrecken streiten sich und Zirpen ist anstrengender als gedacht“, informierte ihn Alva, während sie sich aufrichtete. Dabei bemerkte sie die hellblauen und lilafarbenen Federn, die aus Jonas' Haar rausblitzten. „Und bei dir? Immer noch wilde Experimente mit der Frisur?“, fragte sie ihren Freund.

Jonas' Miene verfinsterte sich augenblicklich. Er fuhr sich mit der Hand durchs Haar. „Und das wird wohl auch so bleiben“, brummte er missmutig.

„Was? Warum?“, wollte Alva wissen und erklärte schnell: „Ich hab den anderen versprochen, heute beim Fußballtraining zuzuschauen. Kannst du's mir auf dem Weg dahin erzählen?“

Dabei zeigte sie in Richtung des Fußballplatzes hinter der Turnhalle. Jonas nickte zustimmend und Alva kam zu ihrer Frage zurück: „Also, nicht dass ich das hier …“, sie deutete auf Jonas' Haar, „… nicht total putzig finde. Aber warum wird es so bleiben?“

„Weil ich mein Talent irgendwie überhaupt nicht mehr im Griff habe“, beschwerte sich Jonas, zog sein T-Shirt nach oben und entblößte seinen bunt gefiederten Bauch.

„Komm, das wird schon“, tröstete Alva. Schließlich ging es allen an der SCHOOL OF TALENTS ähnlich. Jedes Kind ärgerte sich hier mal über sein Talent, das einfach nicht so wollte wie man selbst.

Sie gingen weiter. Jonas riss ein paar lange Grashalme aus und fragte schlecht gelaunt: „Hast du schon gehört, wer unser Sonnensystem-Projekt betreut?"

„Nein, wer?", hakte Alva misstrauisch nach.

Jonas half ihr auf die Sprünge. „Der schlimmste Lehrer des Universums mit der größten Vollklatsche! Na, wer fällt uns da spontan ein?", fragte er lauernd.

„NEIN!", rief Alva ungläubig. „Das kann doch nicht sein!" Und nachdem Jonas nur wütend genickt hatte, vergewisserte sie sich unsicher: „Echt jetzt? Fähnchen-Bommer?"

Jonas brummte: „Träumchen, oder?"

„Warum denn der?" Alva schüttelte den Kopf. Der unbeliebte Lehrer hatte versucht, Elwin von der Schule werfen zu lassen. Und zwar vollkommen zu Unrecht.

Jonas zuckte nur mit den Schultern und meinte: „Du kennst ja Direktor Franzen."

Alva unterdrückte ein kurzes Lachen. Ja, sie kannte den Schulleiter wirklich. Besser, als alle hier vermuten würden. Denn er war ihr Onkel. Lange Zeit hatte sie ihn für eine wortkarge Spaßbremse gehalten. Bis er ihr von seiner

Schule erzählt hatte. Und dass er Gedanken lesen konnte. Zuerst fand Alva das viel spannender, als Tiere zu verstehen. Doch wollte man wirklich immer wissen, was andere von einem dachten? Deshalb verstand sie, dass Onkel Thomas seine besondere Fähigkeit lieber geheim hielt. Keines der Kinder an der Schule wusste vom Talent des etwas gefürchteten, aber auch verehrten Schulleiters.
Alva lauschte Jonas, der gerade Direktor Franzens tiefe, ruhige Stimme nachahmte: „Ohne zweite Chancen würden wir niemandem die Möglichkeit zugestehen, Fehler zu machen."
„Na super, nur weil er der gerechteste Mensch der Welt ist, haben wir jetzt Fähnchen-Bommer an der Backe?", stöhnte Alva genervt.

KAPITEL 2

DIE TORFNASE GREIFT AN

Noch bevor Alva und Jonas das Spielfeld sehen konnten, hörten sie bereits lautes Johlen, Rufen und Klatschen.
„Wow! Sogar mit Fans! Seit wann ist Fußball hier soooo wichtig?“, wunderte sich Alva.
Jonas kratzte sich nachdenklich am Kopf. Eine kleine pinke Feder trudelte aus seinem Haar langsam zu Boden.
„Immer, wenn es um diesen POKAL geht, drehen sie alle durch!“, erklärte er.
Alva warf ihm einen erstaunten Seitenblick zu. „Und du bist kein Freund des Pokals, weil ...?“

„Eigentlich ist er mir egal, aber uns läuft die Zeit davon!", schimpfte Jonas los.

Alva verstand, was er meinte. Jonas organisierte zusammen mit Ben und Paul das Schulfest. Ein Spektakel, auf das alle Bewohnerinnen und Bewohner der Insel schon gespannt warteten.

Jonas kickte missmutig ein Steinchen vom Weg. „Und jetzt hängt Ben ständig auf dem Fußballfeld rum!", beschwerte er sich.

„Er ist ja auch der Kapitän der Schulmannschaft, oder?", vergewisserte sich Alva.

Jonas schnaubte. „Schon, aber das Schulfest findet am Samstag statt und bis zu diesem Fußballspiel ist es noch ewig hin!", beschwerte er sich.

Alva konnte kaum glauben, dass ein Fußballspiel gegen Kinder einer anderen Schule geplant war. „Wissen die denn über uns Bescheid?", erkundigte sie sich.

„Nein, wo denkst du hin!", winkte Jonas entsetzt ab.

Niemand wusste, dass die SCHOOL OF TALENTS keine ganz gewöhnliche Schule war. Hier flogen Kinder durch die Lüfte, sie verwandelten sich in echte Tiere und Monster, oder ihnen wuchsen wie Jonas zwischen den Haaren bunte Federn. Das war alles total in Ordnung. Nur außerhalb der

Insel durfte niemand wissen, welche wundersamen Talente es hier gab. Deshalb war Geheimhaltung so wichtig.

Alva deutete im Vorbeigehen auf Malas riesigen Eisberg, der neben der Turnhalle langsam vor sich hin schmolz. „Und wenn plötzlich so was auf dem Spielfeld auftaucht?"

„Da lassen wir Elwin einfach zweimal dagegen pusten, und weg ist er!", antwortete Jonas grinsend.

Alva stellte sich die entsetzten Gesichter des anderen Fußballteams vor. „Ja, klar! So ein feuerspuckender Drache sorgt ja auch kein bisschen für Aufregung", entgegnete sie kichernd.

Jonas blickte über seine Schulter nach hinten zum Eisberg und meinte: „Eigentlich schade, dass er so steil ist, sonst könnte man darauf toll rodeln!"

Alva schaute ebenfalls zurück. „Ja, das wäre echt super. Und stell dir mal vor, das Eis hätte auch noch Geschmack. Wie cool wäre das denn?"

Jonas sah sie überrascht von der Seite an. „Berg flacher, Eis mit Geschmack", wiederholte er langsam und flüsterte: „Das ist genial!"

Er zog einen kleinen, zerknitterten Block und einen Mini-Stummelbleistift aus seiner hinteren Hosentasche und kritzelte schnell etwas darauf.

Alva beobachtete ihn grinsend. „Ist das für das Schulfest? Hab ich dir eine Idee geliefert?", fragte sie aufgeregt.

Jonas steckte Block und Stift in die Hosentasche zurück und meinte nur: „Vielleicht!"

Inzwischen waren sie am Fußballfeld hinter der Turnhalle angekommen. Die Kinder auf dem Platz trugen rote und blaue Mannschaftsbänder. Frau Lupinski mit Trillerpfeife um den Hals war die Schiedsrichterin.

Alva erspähte Fritzi, ihre Mitbewohnerin. Sie joggte entspannt an der Seitenlinie entlang. Alva winkte ihr scheu zu. Und tatsächlich hob Fritzi ebenfalls kurz die Hand. Dann spurtete Ben, der in ihrer Mannschaft war, mit dem Ball an ihr vorbei. Er trug auch beim Fußballspiel seine Isolierhandschuhe, da er unfassbar hohe Stromstärken mit seinen Händen produzieren konnte. Fritzi rannte mit nach vorne zum gegnerischen Tor. Dort hüpfte Till aufgeregt hin und her. Er rief Sabita, seiner Abwehrspielerin, etwas zu und deutete nach vorne.

Ben schoss den Ball treffsicher zu einem Jungen mit halblangem blondem Haar und einer Cap.
Sabita rannte auf den Jungen zu. Er umspielte sie blitzschnell und stand plötzlich allein direkt vorm Tor. Till kam ihm entgegen und rief wild Kommandos in seine etwas kopflose Abwehr. Weitere Spielerinnen und Spieler versuchten, dem Jungen den Ball abzunehmen. Doch der war wahnsinnig flink. Alva reckte den Kopf, da sie in dem ganzen Tumult nichts mehr erkennen konnte. Dann erklang ein Schrei: „NEIIINNN!"
Ein lauter Pfiff schrillte über das Feld. Frau Lupinski spurtete zu dem Kinderknäuel, das sich langsam auflöste. Niemand lag am Boden. Keiner war verletzt. Doch der Junge, der kurz davor gewesen war, ein Tor zu schießen, stand mit in die Seiten gestützten Händen da und schrie in den Himmel: „SCHIEBUNG! Du bist sooooo GEMEIN!"
Erst jetzt entdeckte Alva Sabita, die grinsend mit dem Ball in ihren Händen über Tills Tor schwebte. Ein paar Kinder der roten Mannschaft kicherten, was den Jungen nur noch mehr aufregte. „Der wäre reingegangen. Hundertprozentig!", schimpfte er und stampfte wütend mit dem Fuß auf.
Frau Lupinski zückte die Gelbe Karte und hielt sie dem

schwebenden Mädchen entgegen. „Grober Regelverstoß! Handspiel und … unerlaubtes Fliegen!“, erklärte sie und befahl: „Komm sofort runter!“

Sabita landete, ließ den Ball fallen und ging wortlos an dem Jungen vorbei.

„Mach das nicht noch mal“, brüllte er ihr mit hochrotem Kopf hinterher.

„Elfmeter für Team Blau“, entschied Frau Lupinski.

Der Junge lief an, schoss, und Till hielt. Das Publikum applaudierte. Team Rot brach in Jubel aus.

Das Spiel ging weiter. Der Junge dribbelte erneut auf Tills Tor zu. Dieses Mal ließ Sabita sich nicht austricksen und nahm ihm den Ball fair ab. Sie trieb das Leder schnell über das Spielfeld zum gegnerischen Tor. Der Junge raste hinter ihr her, war aber ein bisschen langsamer. Der Abstand zwischen den beiden wuchs. Bevor sie ihm entwischte, griff er nach ihrem Trikot und bremste sie damit ab.

„HEY! LASS DAS“, schrie Sabita, riss sich los und flog ein kleines Stück. Vielleicht war es auch ein echt weiter Sprung. Alva war sich nicht ganz sicher. Doch der Junge brüllte sofort: „DA! Sie macht es schon wieder!“

Frau Lupinski pfiff ab. „Leute! Fair bleiben“, ermahnte die Lehrerin die beiden Krawallnudeln.

„Sagen Sie das ihr!“, beschwerte sich der Junge lautstark.
„Sie fliegt die ganze Zeit!“
„Gar nicht!“, verteidigte sich Sabita. „Das kommt dir nur so vor, weil du lahm wie eine Schnecke bist!“
Für diesen Kommentar kassierte sie einen bösen Blick der Lehrerin. „Sabita, du hast schon eine Gelbe Karte“, erinnerte Frau Lupinski sie.
Das Spiel ging weiter. Der Junge verlor erneut einen Zweikampf gegen Sabita. Sie grinste ihn an und streckte, als Frau Lupinski nicht hinschaute, ihre Zeigefinger wie Schneckenfühler am Kopf nach oben.
„Selber Lahmschnecke“, motzte der Junge und kassierte dafür prompt auch eine Gelbe Karte. Wütend kickte er in den Rasen, dass die Erde nur so in alle Richtungen flog.
„Wer ist denn Sabitas Fan?“, wollte Alva von Jonas wissen.
„Das ist Felix. Und der spielt eigentlich echt gut“, erklärte Jonas und applaudierte, da Team Blau ein Tor geschossen hatte.
Verbissen versuchte die rote Mannschaft aufzuholen. Es waren nur noch wenige Minuten zu spielen. Sabita, die eigentlich in der Verteidigung spielte, erkämpfte sich den Ball und raste, ohne nach rechts oder links zu schauen, auf das gegnerische Tor zu. Sie war wirklich sehr schnell.

Felix heftete sich sofort an ihre Fersen. Das Publikum johlte und feuerte beide Teammitglieder an. Alva biss sich vor Spannung auf die Unterlippe.
Lola, die für die blaue Mannschaft im Tor stand, hielt die Hände nach oben und sprang aufgeregt hin und her.
Mit einem großen Sprung trat Felix in Richtung Sabita. Vielleicht wollte er den Ball treffen. Oder ihr doch ein Bein stellen. So genau ließ sich das nicht erkennen. Er grätschte in ihren Lauf, rutschte dabei aus und schlitterte noch ein Stück. Sabita riss es von ihren Beinen. Sie schrie laut auf, während sie fiel.
Entsetzt schlug sich Alva die Hand vor den Mund und murmelte: „Oh nein!"
Unter den Fans wurde es still. Niemand redete. Nichts passierte. Alle starrten auf Sabita, die regungslos auf dem Boden lag. Für einen Moment fühlte es sich an, als würde die Zeit stillstehen.
Erst nach und nach setzte das Gemurmel des Publikums ein. Auf dem Feld kreischte ein Spieler von Team Rot wie eine Sirene: „FOUL! FOUL! FOUL!" Frau Lupinski spurtete zu der verletzten Schülerin. Doch Ben kniete schon neben Sabita. Alva konnte sehen, dass er mit ihr redete und sie auch antwortete.

Langsam, wie in Zeitlupe, rollte Sabita auf den Rücken. Felix, der ein Stück weiter geschlittert war, rappelte sich hoch. Er schwankte, als würde er gleich wieder umfallen.
„Boah“, entfuhr es Alva, und erst jetzt merkte sie, dass sie vor Schreck die Luft angehalten hatte. Sie atmete prustend aus.
Felix hinkte rüber zu Sabita. Kaum sah Ben ihn heranhumpeln, schrie er: „Du Torfnase! Du hast sie einfach umgemäht!“

KAPITEL 3

BLAUE FLECKEN

Frau Lupinski schickte eines der Kinder los, um die Schulärztin zu holen. Felix humpelte etwas abseits nervös hin und her. Ben raste auf ihn zu. „Blutgrätsche? Ernsthaft? Bläst bei dir der Föhn durch?“, schrie der Kapitän der Mannschaft außer sich. Frau Lupinski warf ihm einen strengen Blick zu. Doch Ben ließ nicht locker. „Ich glaub, es hackt! Wir spielen fair, du Holzfäller!“, schnauzte er weiter.

„Ben, es reicht!“, befahl die Lehrerin. Dann musterte sie Felix und fragte: „Hast du dich verletzt?“

Er schüttelte wortlos den Kopf.
Die meisten Spielerinnen und Spieler blieben in Grüppchen auf dem Feld stehen und unterhielten sich leise. Alva sah, wie Ben erneut auf Felix zustapfte. Zwar hatte er seine Handschuhe noch an, aber er wirkte so wütend, als würde er gleich Funken schlagen. Ben griff Felix am Arm, der erschrocken zusammenzuckte. Oder hatte er doch einen kleinen Stromschlag bekommen?
„Hast du das gesehen?“, fragte sie Jonas neben sich. Er nickte und meinte: „Ja, wahrscheinlich leuchtet Felix gleich wie eine Glühbirne!“ Doch es passierte nichts weiter. Ben redete nur leise auf Felix ein.
Till kam auf Alva und Jonas zu. Ein Stück weiter warf Fritzi Elwin, der mit dem Ballnetz am Spielfeldrand stand, den Fußball zu. Plötzlich breitete sich ein stotterndes Geräusch in Alvas Kopf aus.

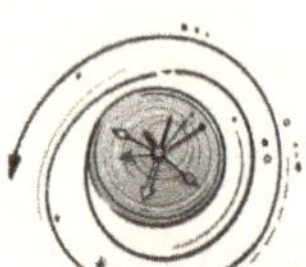

ZapZapZapZap

Es fühlte sich an, als würde ihr Gehirn stolpern und dann … kurz aussetzen. Sie war wie versteinert. Auch Till sah aus, als verharrte er mitten im Schritt. Der Ball, den Fritzi Elwin zugeworfen hatte, hing regungslos in der Luft. Keines der Kinder um sie herum bewegte sich. Sie waren zu einem Standbild geworden. Innerhalb eines Wimpernschlags verschwand die Starre wieder. Alles war wie immer, und doch kam es Alva so vor, als wäre etwas Merkwürdiges passiert. Sie schauderte leicht und murmelte: „Was war denn das?"

Jonas musterte sie kurz. „Was?", fragte er.

Alva zeigte auf den Ball, den Elwin inzwischen gefangen hatte. „Ich hätte wetten können, dass der gerade in der Luft stehen geblieben ist", behauptete sie.

Jonas zuckte nur mit den Schultern. „Kann schon sein", erklärte er und zeigte auf einen schwarzhaarigen Jungen auf dem Spielfeld. „Wahrscheinlich einer von Simons tollen Streichen. Du weißt doch, der kann Dinge durch Gedankenkraft bewegen", erinnerte er Alva.

Sie nickte langsam. Konnte Simon wirklich so viele Bewegungen gleichzeitig stoppen? Unsicher schaute sie sich um, bevor Till sie aus ihren Gedanken riss: „Na, worüber grübelst du so angestrengt nach?"

Alva schüttelte den Kopf. „Ach, gar nichts", antwortete sie.

Fritzi ging an ihr vorbei.

„Du hast super gespielt", lobte Alva.
Ihre Mitbewohnerin blieb stehen und lächelte schüchtern.
„Danke!", antwortete sie, musterte Alva herausfordernd und fragte: „Wie viel Ahnung hast du von Fußball?"
„Keine", gab Alva lachend zu und deutete auf die vielen Grasflecken auf Fritzis Sporthose. „Aber das sieht nach echt großem Einsatz aus."
Till musterte Alvas Mitbewohnerin fragend. „Hast du gesehen, ob Felix den Ball gespielt hat?"
Fritzi zuckte nur mit den Schultern und meinte: „Leider konnte ich das nicht erkennen."
„Aus keiner Perspektive?", hakte Alva überrascht nach, denn Fritzi konnte durch die Augen anderer sehen.
„Weißt du, wie es ist, mit sooo vielen Bildern im Kopf Fußball zu spielen?", murrte ihre Mitbewohnerin.
Alva zählte zusammen. Alle Teammitglieder, das Publikum, Frau Lupinski …
„Unübersichtlich?", schlug sie vor und fragte: „Wie triffst du bei der Bilderflut überhaupt den Ball?"
„Geht schon", murmelte Fritzi fahrig. Etwas auf dem Spielfeld schien sie abzulenken. Alva schaute ebenfalls rüber. Eine Frau mit rotem, hochgestecktem Haar beugte sich über Sabita.

„Das ist unsere Schulärztin“, erklärte Till, bevor Alva sich danach erkundigen konnte.
Nach einer kurzen Untersuchung half die Ärztin Sabita auf und führte sie vom Feld. Hinter ihnen humpelte Felix.
Mala und Lenni kamen zu den Freunden.
Alva fragte: „Hat Felix sich auch verletzt?“
Ben, der genau in diesem Moment an ihnen vorbeiging, blieb stehen. „Das ist doch total egal! Diese Stinksocke hat unsere beste Spielerin übelst gefoult.“
Jonas legte ihm beschwichtigend eine Hand auf die Schulter. „Ja, aber er hat es doch nicht mit Absicht gemacht, oder?“, vergewisserte er sich.
Statt einer Antwort schnaubte Ben nur ungläubig.
Jonas hob auf einmal den Arm und winkte ganz aufgeregt. „Schau mal, Ben, da ist ja Lotte!“, bemerkte er freudig.
Alva sah ein Mädchen mit leuchtend grünem Haar, das ebenfalls grüßend die Hand hob, die Richtung änderte und auf sie zukam.
„Ist mir da was entgangen?“, erkundigte sich Mala überrascht.
„Du meinst, weil hier gerade jemandem so viel Aufregung aus den Poren sprudelt?“, hakte Till lachend nach.
„Ihr seid doof“, zischte Jonas und stupste Ben an. „Sag

doch auch mal was!“, flüsterte er, und der andere Schulfestplaner nickte wie auf Knopfdruck und wiederholte: „Ihr seid doof!“

Doch kaum stand Lotte neben den beiden Jungs aus dem Festkomitee, grinsten sie wie Honigkuchenpferde. Ben räusperte sich, kurz bevor er „Hal-lo!“ stammelte. Jonas konzentrierte sich einfach nur darauf, rot und röter zu werden.

„Hi“, grüßte Lotte. Ihre Haut war strahlend blau und ihre Augen leuchteten im gleichen Dunkelgrün wie ihr Haar. Alva versuchte, die Farbwandlerin nicht fasziniert anzustarren. Doch das war fast unmöglich.

Jonas schien sich wieder gefangen zu haben. „Erinnerst du dich an neulich?“, fragte er und machte eine bedeutungsvolle Pause.

Lotte nickte. „Klar! Ich glaube, das funktioniert“, sagte sie nur und lächelte verschwörerisch. „Wie wäre es mit einer Probe?“, fragte sie und griff kurz entschlossen nach Alvas Hand. Die zuckte erschrocken zurück.

Doch Lotte meinte nur: „Alles gut! Es passiert nichts Wildes!“ Dann schloss die Farbwandlerin die Augen und atmete tief durch. Ihr Griff wurde ein bisschen fester, dann wieder lockerer.

„Seht mal“, flüsterte Alva fasziniert und starrte auf ihre Fingerspitzen. Sie guckten zwischen Lottes Händen raus und verfärbten sich langsam.

Die Farbwandlerin ließ sie los. Alvas ganze Hand war dunkelblau und glitzerte.

„Boah, Wahnsinn“, meinte Alva. Es sah toll aus. Sie wurde ganz kribbelig und fragte: „Kannst du auch Muster?“

„Ja klar!“, meinte Lotte lachend und nahm wieder Alvas Hand. Kurze Zeit später schoben sich dunkel- und hellblaue Streifen an ihrem Arm entlang.

Alva zog den Kragen ihres T-Shirts ein Stück weg und sah an ihrem Oberkörper runter.

Wie cool war das denn? Sie war am ganzen Körper gestreift!

„Wie lange bleibt das so?“, wollte Alva wissen, als sie den Kragen ihres T-Shirts zurückschnappen ließ.

Till schüttelte grinsend den Kopf. „Eine Frage, die man vielleicht besser vorher stellt, oder?“, bemerkte er.

Doch Lotte winkte beruhigend ab und sagte: „Das hält höchstens bis morgen.“ Dann verabschiedete sie sich.

„Danke“, rief Alva ihr hinterher. Sie drehte ihre Arme fasziniert im Sonnenlicht und erkundigte sich bei Jonas und Ben: „Das Schulfest wird also eine Schlumpfparade?“

Doch die beiden lachten nur. Mala tätschelte Alva tröstend den blau geringelten Arm. „Vergiss es. Das Motto des Schulfests ist total geheim. Man erfährt es wirklich erst am Tag der Feier!“

KAPITEL 4

APFELGRÜNER GLITZER

Alva schob das große Tor am Stallgebäude zu. Nach der Aufregung beim Fußballspiel war sie für ihr Talenttraining spät dran gewesen. Jetzt war es Abend. Die Sonne stand tief über dem Hügel. Alva machte einen tiefen Atemzug. Es roch nach Sommer. Ihr Talenttraining war super gelaufen. Es störte sie auch nicht, dass sie ihren Talisman brauchte. Das war ein blauer Flummi, den Till ihr geschenkt hatte. Wenn sie ihn in der Hand hielt, konnte sie sich besser konzentrieren. Alva fuhr in ihre Hosentasche, um sicher zu sein, dass sie ihn bei sich hatte.

Drüben bei den Kaninchenställen entdeckte sie Fritzi. Ihre Mitbewohnerin hielt eine Schale in der Hand und suchte etwas unter den Büschen. Oh, nein! Fütterte sie etwa immer noch Fridolin? Der inzwischen gar nicht mehr so kleine Igel war von Fritzi eine Zeit lang aufgepäppelt worden. Jetzt lebte er wieder draußen. Was Fritzi wahrscheinlich mehr zu schaffen machte als Fridolin.
Alva ging ein paar Schritte in ihre Richtung und rief: „Ich geh zum Abendessen! Kommst du mit?"
Fritzi richtete sich schnell auf und winkte hektisch ab. „Nö, nö, ich komme später!", schrie sie zurück. Alva entging nicht, dass Fritzi versuchte, die Futterschale hinter ihrem Rücken zu verstecken.
„Alles klar! Bis später!", antwortete Alva laut, winkte kurz und ging in Richtung Mensa.
Hinter der Turnhalle stieg eine riesige, bunt schillernde Blase auf und darin stand eindeutig ein Mensch. Alva blieb verwundert stehen. War das Jonas? Für ihn war es kein Problem, sich in einen Vogel zu verwandeln. Leider konnte er aber trotzdem nicht fliegen. Wollte er es etwa so lernen?
Die Blase ruckelte schlingernd durch die Abendsonne.
Alva hielt erschrocken die Luft an, als die schillernde Kugel

über der Turnhalle ein ganzes Stück nach unten trudelte. Kurz bevor die Kugel aufsetzte, hob sie ruckelnd wieder ein bisschen an. Dann sackte sie nach unten auf das Flachdach und zerplatzte. Alva sah Jonas auf dem Dach rumhüpfen. Offenbar unterhielt er sich mit jemandem, der unten an der Turnhalle stand.

Sie bog auf den Hauptweg ab, als neben ihr eine große schwarze Krähe landete.

„Don Rodrigo", grüßte Alva im Vorbeigehen den Vogel, der die Menschensprache verstand. Und da Alva Tiere verstand, konnten sich die beiden unterhalten. Nur zurzeit herrschte Schweigen zwischen ihnen, denn Alva hatte Rodrigo vor Kurzem aus Versehen beleidigt. Die Krähe war da sehr empfindlich und hatte sogar eine schriftliche Entschuldigung gefordert. Die hatte sie auch bekommen und offenbar huldvoll angenommen. Denn nun kreischte Rodrigo vollkommen aus dem Häuschen: ***„Was hast du denn angestellt?"*** Dabei hüpfte er so vor Alva hin und her, dass sie nicht weitergehen konnte.

Alva stutzte. Dann fiel es ihr wieder ein. Ihre Haut war ja blau geringelt. „Ist super, oder?", fragte sie stolz.

„Willst du mir etwa erzählen, du siehst mit ABSICHT so aus?", wollte die Krähe wissen.

Alva nickte und fügte hinzu: „Coole Farben, nicht wahr?"

„Tja, wenn man es mag, wie ein lebendiger Strandkorb auszusehen", erklärte Rodrigo kopfschüttelnd. Er musterte Alva mit seinen Knopfaugen. *„Dir ist verziehen worden. Auch wenn ich mir da jetzt nicht mehr ganz so sicher bin!"*, verkündete er hoheitsvoll.

„Da bin ich aber froh!", murrte Alva und ging weiter.

„Nur, dass du es weißt: Das ist eine Gnade", schnarrte Rodrigo und stolzierte neben ihr her. Alva war deutlich schneller als er. Deshalb musste er immer wieder ein paar Meter hüpfend flattern. Was nicht mehr so majestätisch wirkte.

„Sogar eine überaus große Gnade", setzte Rodrigo noch eins drauf.

„Ich hab doch gesagt, dass ich froh darüber bin", wiederholte Alva grinsend.

„Da wäre aber durchaus etwas mehr Freude angebracht!", beschwerte sich der Vogel und wirkte schon wieder eingeschnappt.

Alva blieb stehen und hüpfte mit einem lauten, übertriebenen „Hurra! Hurra!" zweimal in die Luft. „Bist du jetzt zufrieden?", erkundigte sie sich bei der Krähe.

„Na ja, man nimmt, was man kriegt", meinte der Vogel.

Inzwischen waren sie bei der Mensa angekommen.
„Ich gehe jetzt da rein! Nicht, dass du wieder eingeschnappt bist", sagte Alva grinsend.
„Püüüh, von wegen!", motzte Rodrigo und flatterte auf das Dach der Mensa.

Als Alva die Eingangshalle betrat, sah sie Mala, die wie gebannt auf die Infotafel an der Wand starrte.
„Weißt du auch nicht, wann wir uns morgen treffen, um mit Fähnchen-Bommer das Universum neu zu ordnen?", fragte Alva.
„Doch, um halb neun", antwortete Mala und erzählte weiter: „Übrigens gibt es heute dein Lieblingsessen. Kartoffeln mit Quark." Dabei nahm sie die Augen nicht von der Tafel.
„Was gibt's da Spannendes? Etwa ein Gedicht?", riet Alva.
Mala nickte. „Ja, ich hab's nur kurz gesehen. Dann war's wieder weg."
Alva konnte es kaum glauben. „Echt jetzt?", freute sie sich und starrte ebenfalls erwartungsvoll auf die Tafel.
Auf der Infotafel in der Mensa erschienen immer mal wieder komische Gedichte. Die meisten dachten, die Tafel wäre einfach nur kaputt, doch Alva und ihre Freunde

wussten es besser. Es waren Hinweise, mit deren Hilfe sie schon so einige Rätsel auf der Insel gelöst hatten.
Jonas stellte sich zu ihnen. Alva musterte ihn kurz von der Seite. „Na, wieder von der Turnhalle runter?", fragte sie. Jonas legte einen Finger auf die Lippen. „Pssssst. Du hast mich da nie gesehen!", flüsterte er. Alva wollte widersprechen, als sie Jonas' warnenden Blick sah. Lautlos formte er mit seinen Lippen das Wort *„Schulfest"*. Dann verkündete er in normaler Lautstärke: „Ich hab einen Bärenhunger! Wenn hier …", er deutete hoch zur Infotafel, „… was Spannendes passiert, könnt ihr es ja gleich erzählen." Daraufhin verschwand er im Speisesaal.
Alva schielte zu Mala rüber. „Hast du einen Stift?", fragte sie ihre Freundin. Mala hob die Hand, in der sie einen grünen Glitzerstift hielt.
„Irgendwas, um darauf zu schreiben?", erkundigte sich Alva weiter.
Mala schüttelte den Kopf, ohne den Blick vom Bildschirm zu nehmen.
„Okay, dann saus ich mal los und hol …", schlug Alva vor, als Mala ihr plötzlich ins Wort fiel.
„Jetzt! Da!", rief sie aufgeregt und griff sich, bevor Alva protestieren konnte, ihren Arm.

„Schreibst du das jetzt echt auf MICH?“, beschwerte sich Alva.
„Komm, du bist doch schon bunt, da macht so ein bisschen Glitzer ja wohl auch nichts mehr aus“, murrte Mala, während sie schrieb.
Alva gab auf und half Mala, indem sie ihr das Gedicht diktierte:

Vorher ist nachher ist früher ist nun
Nur wer das weiß, bleibt auch immun
Der gemächliche Fluss, zum Strudel wird er
Der Weg aus dem Sog ist etwas verquer
Die Lösung so einfach und doch so versteckt:
Findet, wer sich nach Vergebung reckt

Als sie fertig war, hatte Mala beide Unterarme von Alva vollgekritzelt. Bei dem Versuch, das Gedicht zu entziffern, stieg Alva ein merkwürdiger Geruch in die Nase. Es roch total künstlich nach Apfel. Sie schnupperte an ihrem Arm.

„Sag mal, ist das ein Stift mit Geruchserlebnis?“, fragte sie Mala.

Die presste grinsend die Lippen aufeinander und schnüffelte.

„Oh-oh“, gluckste sie. „Der riecht auf der Haut aber echt extrem!“

Sie gingen weiter in den Speisesaal. Alva warf dem grünen Stinke-Stift in Malas Hand einen bösen Blick zu. „Warum hast du den überhaupt dabei?“, wollte sie wissen.

„Das ist nicht meiner“, erklärte Mala. „Den hab ich mir vorhin von Lola ausgeliehen. Und sie möchte ihn unbedingt SOFORT wiederhaben.“

KAPITEL 5

WER BRAUCHT EIN MEER?

Kaum waren Mala und Alva im Speisesaal, rief Lola: „Hey, hast du meinen Stift dabei?"

Mala hielt ihn hoch und murmelte: „Meine Güte, das Ding liegt ihr wirklich am Herzen." Sie schlenderte allein zu Lola.

Alva wartete lieber am Eingang. Zwei Schülerinnen gingen an ihr vorbei. „Bald ist Schulfest!", jubelte die eine leise. Die andere antwortete aufgeregt: „Ja, Wahnsinn, oder? Ich hab ja gehört …"

Weiter kam sie nicht, denn plötzlich brach im Saal Tumult

aus. In der Mitte des Raums sprang Pia auf. Ihr Stuhl fiel polternd nach hinten. „THEO! Was wird das?“, rief sie entsetzt.
Moritz, der ebenfalls an dem Tisch saß, wedelte wild mit beiden Händen. Dann schwebte er hoch an die Decke.
„Hilfe! Hilfe“, alarmierte er von dort oben alle aufgeregt.
Die anderen Kinder an dem Tisch waren aufgesprungen und kommandierten wild durcheinander: „Wasser! Sofort Wasser!“
„Hat jemand ein Aquarium?“
„Wir brauchen hier mal ein Meer!“
Alva spurtete los, um zu helfen. Als sie näher kam, entdeckte sie Theo. Besser gesagt einen verwandelten Theo. Denn unter dem Tisch lag ein Hammerhai. Seine Kiemen klappten hektisch auf und zu.
„Er braucht Wasser zum Atmen!“, stellte Alva bestürzt fest. Niklas rannte mit einer Auflaufform in der Hand an ihr vorbei und brüllte: „Platz da!“
Im nächsten Moment vergrößerte sich die Form in seinen Händen zu einem riesigen Gefäß. Laut scheppernd wurden davon alle Möbel zur Seite geschoben. Die Kinder liefen mit Eimern hin und her, um das Aquarium aufzufüllen.

„Schneller! Wir brauchen mehr Wasser! MALA!", rief Pia, beugte sich nach unten und sagte leise etwas zu dem Hai. Ob sie merkte, dass sie die ganze Zeit seine Flosse hielt? Eine schwere Regenwolke rauschte über die Köpfe der Kinder hinweg. Schon im Anflug fielen große Tropfen aus ihr auf den Boden. Alva schaute sich irritiert um. Woher hatte Mala so schnell das ganze Wasser? Dann bemerkte sie, dass in keinem der Krüge oder Gläser auf den Tischen noch Wasser war.
Prasselnd regnete die Wolke in das große Gefäß. Zu sechst hoben die Kinder schwer schnaufend den Hammerhai an und ließen ihn in sein Aquarium gleiten. Pia rannte zur Essensausgabe und kam mit einem Päckchen Salz zurück. Sie kippte alles in die riesige Auflaufform. Der Hai war inzwischen fast ganz mit Wasser bedeckt. Die Bewegung seiner Kiemen wurde langsamer.
Fasziniert beobachtete Alva, wie der Kopf des Hammerhais schmaler wurde, seine Flossen sich in Arme und Beine verwandelten. Schon bald waren Theos Gesichtszüge zu erkennen. Er zappelte wild hin und her, stieß sich vom Boden ab und hing tropfend und prustend über den Rand seines Bassins.
„Boah, danke, Leute", keuchte er und hustete heftig.

Allgemeines Aufatmen war zu hören. Die Kinder klatschten sich gegenseitig stolz ab. Sie hatten es geschafft!
Erleichtert sank Moritz auf den Boden zurück. „Das nächste Mal sagst du ein bisschen früher Bescheid", ermahnte er seinen Freund.
Theo hustete heftig, bevor er antworteten konnte. „Alles klar, mach ich", stimmte er atemlos zu und fragte: „Warum hab ich Salz im Wasser?"
Pia schnaubte aufgebracht. „Du warst ein Hai und Haie leben im Meer!", rechtfertigte sie sich.
„Ich kann aber auch im Badesee schwimmen", erinnerte Theo sie grinsend.
Pia musterte ihn bedröppelt. „Tut mir leid", entschuldigte sie sich kleinlaut.
Er platschte mit der Hand in seiner Salzlake und beruhigte sie: „Kein Ding! War ja nett gedacht! Danke! Es schmeckt nur furchtbar scheußlich."
Frau Sanders, die Köchin, schob sich zwischen den Kindern durch und fragte: „Was ist hier los?"
Sie entdeckte Theo, der immer noch über dem Beckenrand hing. „Na, kleines Bad im Speisesaal genommen?", erkundigte sie sich grinsend. „Helft ihm da mal raus. Und schöpft das Wasser ab, sonst haben wir hier

eine Überschwemmung, wenn die Auflaufform wieder klein wird", forderte sie die Kinder auf.
Moritz und Pia kletterten auf einen Tisch und zogen Theo aus dem Aquarium. Mala ließ putzige Regenwölkchen aufsteigen, die durch die geöffneten Türen auf die Terrasse flogen. Ein spitzer Schrei war von dort zu hören. Da wurde wohl jemand nass.
„Entschuldigung!", rief Mala nach draußen. „Ich lass sie noch ein Stück weiter fliegen."
Innerhalb kürzester Zeit erinnerte nur noch die riesige Auflaufform in der Mitte des Raums an Theos unfreiwillige Verwandlung.
Alva und Mala holten sich Kartoffeln mit Quark. Sie erspähten Jonas, der ihnen zuwinkte.
„Super Idee mit der Auflaufform", sagte Mala zu Niklas, der mit dem blonden Jungen vom Fußballplatz an einem Tisch saß.
Bevor Niklas antworten konnte, drängelte sich Ben an ihnen vorbei. Er musterte den Jungen an Niklas' Tisch mit finsterer Miene und sagte laut: „Sieh an, da sitzt ja Foul-Felix, der alles niedermäht und uns den Pokal kostet!"
Felix wurde knallrot. Er flüsterte leise etwas zu Ben. Doch der schüttelte den Kopf und antwortete wütend. Zwar

konnte Alva nicht hören, was er sagte, doch sein Gesicht sah nicht freundlich aus.
„Wow, der ist ja echt richtig sauer", stellte Mala fest, während sie sich zu Jonas setzten.
Alva beobachtete Ben, der weiter auf Felix einredete.
„Der arme Felix", murmelte sie. Mehrfach versuchte der blonde Junge, etwas zu erwidern, doch er kam nicht zu Wort. Ben hörte einfach nicht auf, bis Felix aufsprang und aus der Mensa stürmte.
Inzwischen war auch Till zum Essen erschienen. Er stellte sein Tablett ab, warf sich auf einen Stuhl und bemerkte grinsend: „Mala, wenn ich du wäre, würde ich gerade nicht rausgehen!"
Alva kam Mala zuvor. „Warum?", fragte sie überrascht.
Till zerteilte seine Kartoffeln mit der Gabel. „Ach, da sind ein paar sehr wütende und sehr nasse Menschen unterwegs", antwortete er, ohne aufzuschauen.
Mala zuckte mit den Schultern. „Die trocknen schon wieder."
Alva erkundigte sich: „Wisst ihr eigentlich, was Theo so aufgeregt hat?"
Denn es war klar, dass sich der Junge nicht absichtlich mitten in der Mensa in einen Hai verwandelt hatte. Doch

manchmal, wenn man stinkwütend war oder sich unheimlich freute, machten die Talente, was sie wollen. Jonas schüttelte den Kopf und Till erklärte: „Ich bin erst dazugekommen, als Theo in der Auflaufform lag!“
Mala kicherte. „Unglaublich, dass das an unserer Schule ein vollkommen normaler Satz ist!“, gluckste sie.
Alva wollte etwas erwidern, doch auf einmal war da wieder dieses seltsame Dröhnen in ihrem Kopf.

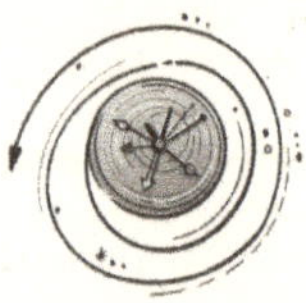

Zzzzzzzaaaaaaapppp!

Alva stand an der Eingangstür der Mensa und wartete auf Mala, die einen Stift zurückgeben wollte. Zwei Schülerinnen gingen an ihr vorbei. „Bald ist Schulfest!“, jubelte die eine leise. Die andere antwortete aufgeregt: „Ja, Wahnsinn, oder? Ich hab ja gehört …“
Weiter kam sie nicht, denn plötzlich sprang in der Mitte des Raums Pia auf. Ihr Stuhl fiel polternd nach hinten. „THEO! Was wird das?“, rief sie entsetzt. Moritz, der ebenfalls an dem Tisch saß, wedelte wild mit beiden Händen und schwebte hoch an die Decke.

Die anderen Kinder am Tisch waren ebenfalls aufgesprungen und kommandierten wild durcheinander:
„Wasser! Sofort Wasser!"
„Hat jemand ein Aquarium?"
„Wir brauchen hier mal ein Meer!"
Alva spurtete los, um zu helfen.
Als sie näher kam, entdeckte sie Theo. Besser gesagt einen verwandelten Theo. Denn unter dem Tisch lag ein Hammerhai. Seine Kiemen klappten hektisch auf und zu.
„Er braucht Wasser zum Atmen!", stellte Alva fest. Niklas brachte eine Auflaufform, die er vergrößerte. Mala schickte Regenwolken, Kinder schleppten Wassereimer. Das Bassin füllte sich und der Hai wurde unter Ächzen und Stöhnen hineingelegt. In letzter Minute konnte Moritz Pia davon abhalten, Salz in das Wasser zu schütten. „Aber er ist ein Hai und Haie leben im Meer", erklärte Pia und stieg auf einen Stuhl, um besser über den Rand des Beckens zu kommen.
Moritz schwebte zu ihr und griff nach ihrer Hand. „Er schwimmt doch auch im Badesee, ohne dass es ihm etwas ausmacht!", erinnerte er sie.
Pia ließ das Päckchen Salz sinken. „Stimmt auch wieder", gab sie ihm recht.

Alva beobachtete, wie der Hai sich langsam zurückverwandelte. Es dauerte nicht lange und Theo hing nach Atem ringend über dem Beckenrand. „Boah, danke, Leute“, keuchte er.
Mala tauchte neben Alva auf und hob die Hand. Alva klatschte dagegen. „Bester Regenschauer der Welt“, lobte sie die Freundin.
Jonas stellte sich zu ihnen und meinte: „Ein Pool in der Mensa wäre doch super.“
Frau Sanders, die Köchin, ging an ihnen vorbei. Mit einem kurzen Seitenblick auf Jonas antwortete sie: „NEIN! Kommt nicht in die Tüte!“ Dann sorgte sie für Ordnung.
Während Mala sich darauf konzentrierte, das Wasser in kleinen Wölkchen nach draußen ziehen zu lassen, tauchte Till auf und bemerkte anerkennend: „Ein Pool in der Mensa? Super! Da hätten wir echt schon früher drauf kommen können!“

KAPITEL 6

WIE MAN EINE LUFTSCHLANGE ENTZIFFERT

Abends in ihrem Zimmer mühte sich Alva verzweifelt ab, ihr Tablet in ihre Umhängetasche zu stecken. Herr Petrulla bestand darauf, dass ihr neues Gerät eine riesige rosafarbene Schutzhülle haben musste. Und das alles nur, weil sie schon drei Tablets geschrottet hatte. Was eigentlich fast nie so ganz ihre Schuld gewesen war. Und dieses Ding wollte mit der albernen Hülle einfach nicht in ihre Tasche passen. Vielleicht sollte sie zuerst das Tablet und dann den Rest einpacken? Genervt räumte Alva alles wieder aus.

Fritzi kam aus dem Gemeinschaftsraum zurück. „Wenn du für morgen packst, ist das die falsche Richtung, das Zeug muss REIN“, erklärte sie und warf sich auf ihr Bett.

„Vielen Dank! Wäre ich nie drauf gekommen“, zischte Alva gereizt.

„Oha, supergute Stimmung!“, brummte Fritzi, schnappte sich ihr Buch und begann zu lesen.

Alva schnaubte stinkig. Aber eigentlich war sie ja nicht auf Fritzi sauer, sondern auf Herrn Petrulla. „'tschuldigung“, nuschelte sie. Fritzi linste über den Buchrand.

„Ich hasse diese Schutzhülle! Herr Petrulla soll nachts von einem Schwarm Stechmücken überfallen werden“, brummte sie mies gelaunt und setzte sich auf ihr Bett gegenüber von Fritzis.

„Ach, diese rosa Augenweide hast du von ihm?“, fragte Fritzi überrascht. Sie betrachtete die Schutzhülle genauer und kicherte. „Immer wieder erstaunlich, was man mit einer Heißklebepistole, einer Poolnudel und null Geschmack so alles anstellen kann!“

Alva stimmte eifrig nickend zu. „Genau! Du glaubst auch, dass er die selbst gebastelt hat, oder?“

„Ganz sicher", behauptete Fritzi und klappte ihr Buch zu. „So ein unfassbar hässliches Teil kannst du bestimmt nirgends kaufen!"

Alva stand auf und atmete erleichtert durch. Die Stimmung zwischen Fritzi und ihr war wieder gut. Denn obwohl sie schon seit einiger Zeit zusammenwohnten, redeten sie erst seit Kurzem miteinander. Und das lief manchmal noch ziemlich holprig.

Fritzi musterte Alvas blau gestreifte und vollgekritzelte Arme genauer und sagte: „Ich finde es ohne die grünen Glitzergirlanden eigentlich schöner."

„Das sind doch keine Glitzergirlanden, das ist Malas Schrift", erklärte Alva lachend. Und dann fiel ihr ein, dass Fritzi inzwischen ja auch irgendwie zum Team gehörte.

„Wir haben ein neues Gedicht", berichtete sie, unsicher, ob Fritzi Lust hatte, weiter Rätsel mit ihnen zu lösen. Doch kaum hatte sie den Satz beendet, saß ihre Mitbewohnerin schon neben ihr. „Das ist ein neues Gedicht?! Ist ja cool. Lass mal sehen!" Fritzi starrte konzentriert auf das grüne Gekritzel. „Ist das Geheimschrift? Ich erkenne da nicht mal Buchstaben", meinte sie kopfschüttelnd.

„Weil du es auf dem Kopf anschaust", bemerkte Alva

schmunzelnd und verdrehte ihren Arm, damit Fritzi lesen konnte. Mit der freien Hand fischte sie einen Stift und einen Block aus ihren Schulsachen, die auf dem Bett verteilt lagen.

Fritzi las stockend vor: „*Vor… her … ist … nackt …*“

Alva, die mitschrieb, hob verblüfft den Kopf. „Bist du sicher?“

„Ja klar, oder was liest du da?“, fragte Fritzi und überließ Alva ihren Arm.

„Nacker!“, entzifferte die stirnrunzelnd.

„Ja klar, *nacker* ergibt natürlich viel mehr Sinn“, kicherte Fritzi. Sie schob Alvas Haut ein bisschen hin und her. „Eine Luftschlange wäre einfacher zu entziffern“, murmelte sie konzentriert und meldete: „Es heißt *nachher*!“

Alva schrieb mit, während Fritzi weiter vorlas: „*… nachher ist früher ist nun.*“

Es dauerte mehrere Lachanfälle und wildes Rumraten, bis sie das ganze Gedicht abgeschrieben hatten.

Alva las es noch einmal vor.

„Vorher ist nachher ist früher ist nun
Nur wer das weiß, bleibt auch immun
Der gemächliche Fluss, zum Strudel wird er
Der Weg aus dem Sog ist etwas verquer

Die Lösung so einfach und doch so versteckt:
Findet, wer sich nach Vergebung reckt.“
Alva machte eine Pause. „Was heißt eigentlich immun?“, fragte sie. Soweit sie wusste, hatte das doch etwas mit Medizin zu tun.

Fritzi, die regungslos vor sich hin stierte, murmelte: „Immun? Da macht dir etwas nichts aus, weil du unempfindlich dagegen bist.“
Alva nickte. Sie kannte diesen Tunnelblick. Ihre Mitbewohnerin hatte durch Alvas Augen mitgelesen. Also senkte sie brav den Kopf, damit Fritzi fertig lesen konnte. Und auf einmal fiel ihr etwas auf.
„Du kannst immer abschreiben, ohne dass es jemand bemerkt“, stellte sie verblüfft fest.
Fritzi nickte und brummte: „Für irgendwas muss dieses Talent ja gut sein.“ Sie blinzelte zweimal und fragte: „Sind die Gedichte sonst eindeutiger?“
Alva dachte kurz nach, bevor sie antwortete. „Nein, eigentlich nicht.“
Fritzi nickte ihr erwartungsvoll zu: „ABER …“
„Aber …“, wiederholte Alva und versuchte, sich zu

erinnern, „… irgendwann passen einige Aussagen des Gedichts zu einem Ereignis“, fiel ihr dann auf.
Fritzi lehnte sich entspannt zurück. „Wir suchen also EIN EREIGNIS“, stellte sie belustigt fest. „Irgendwas Besonderes oder eher in der Art: Es gab heute Kartoffeln zum Abendessen?“
„Die waren total lecker. Fandest du nicht auch?“, schwärmte Alva abgelenkt.
Fritzi schnipste mit dem Finger vor ihrer Nase. „Hey, hey, Konzentration, denk nach!“
Doch Alva spürte nur ein großes Loch in ihrem Magen. Wie ungewöhnlich. Es hatte doch gerade erst Abendessen gegeben. Und jetzt hatte sie Hunger, als hätte sie seit Stunden nichts gegessen.
„Hast du Schokolade?“, fragte sie Fritzi hoffnungsvoll. Die stand auf und ging zu ihrem Schrank. „Hier“, warnte sie, bevor der Riegel durch die Luft geflogen kam.
Alva fing ihn geschickt auf und brummte mit Blick auf die Verpackung: „Na super! Die von der wenig spaßigen Sorte!“
„Undankbarer Lurch“, schimpfte Fritzi.
„Magst du etwa Zartbitterschokolade?“, fragte Alva mit hochgezogener Augenbraue und öffnete die Verpackung.

„In der Not …“, gab Fritzi zu. Sie brach sich ein Stück ab, schob es in den Mund und schlug kauend vor: „Wir könnten ja morgen zum Kiosk fahren.“

Die Kinder der SCHOOL OF TALENTS durften mit Genehmigung von Herrn Petrulla rüber aufs Festland radeln. Dort gab es im Dorf einen Kiosk, bei dem man sich mit Süßigkeiten eindecken konnte.

„Grandiose Idee“, bemerkte Alva. Sie leckte sich einen Schokokrümel vom Finger und fragte: „Also morgen? Nach dem Mittagessen?“

Fritzi stimmte nickend zu. Sie nahm das Blatt mit dem Gedicht und faltete es zweimal. „Weiß jemand von euch, wer die Gedichte schreibt?“, fragte sie und reichte Alva das zusammengefaltete Papier.

Die schüttelte den Kopf und stopfte das Gedicht in ihre Tasche. Auf einmal war sie total müde und wollte weder reden noch denken. Erledigt ließ sie sich einfach nur nach hinten auf ihr Bett fallen.

KAPITEL 7

DIE HÜPFENDE MEERJUNGFRAU IM WALD

Am nächsten Morgen musste Alva einsehen, dass ihr Tablet nie in ihre Umhängetasche passen würde. Sie konnte es nur unterm Arm tragen und alle würden sie anstarren. Dabei schlängelte sie sich viel lieber unauffällig durch ihren Tag.
Gemeinsam mit Fritzi verließ sie das Wohnhaus. „Fanfaren vorneweg wären weniger auffällig", maulte Alva und schüttelte das Tablet, als könnte es etwas dafür.

„Ganz ehrlich, sogar ein grell blinkendes Warnlicht auf deinem Kopf wäre zurückhaltender", zog Fritzi sie auf.
„Das ist nicht hilfreich", beschwerte sich Alva verzweifelt.
„Aber wahr", sagte Fritzi zwinkernd und verabschiedete sich an einer Weggabelung. Sie wollte noch schnell im Stall vorbeischauen. Oder wohl eher Fridolin sein Essen unter die Büsche stellen.
„Er wird nie lernen, sein Futter selbst zu suchen", rief Alva hinter ihr her. Doch Fritzi tat, als könne sie sie nicht mehr hören.
Kopfschüttelnd ging Alva weiter. Ein Stück weiter vorne am Wegrand saß Rodrigo. Er war von Schnecken umringt. Das mussten mindestens zehn sein. Und es wirkte, als würden sie sich unterhalten.
Sobald die Krähe Alva entdeckte, flatterte sie auf. ***„Was hast du denn da Seltsames dabei?"***, erkundigte Rodrigo sich.
„Mein Tablet", antwortete Alva leise und versuchte, das Ungetüm hinter ihrem Rücken verschwinden zu lassen.
„Sieht eher wie ein Pool für Eichhörnchen aus. Vermietest du auch kleine Liegestühle? Und Sonnenschirmchen?", fragte der Vogel und stieß ein heiseres Krächzen aus.
„Ja, superwitzig!", brummte Alva und ging weiter. Sie

deutete auf die Schnecken, die langsam in der Wiese verschwanden. „Was war das für eine lustige Versammlung?", fragte sie über ihre Schulter.
Doch Rodrigo schien sie nicht zu hören.
„Sag dem Freizeit-Vogel, ich habe es satt, auf bunten Bäumen zu hocken", rief er ihr statt einer Antwort hinterher.
Verblüfft blieb Alva stehen und drehte sich zu Rodrigo um. Ihr war klar, dass er mit dem ‚Freizeit-Vogel' Jonas meinte. Die Krähe fand es unter ihrer Würde, sich Namen zu merken. Aber bunte Bäume? „Was redest du da? Jonas kann nichts einfärben", betonte sie kopfschüttelnd.
Rodrigo kam ein Stück näher geflattert. *„Ach ja? Und warum sieht es dann dahinten im Wald aus, als wäre der Zirkus durchgereist?"*, beschwerte er sich.
„Vielleicht war das gar nicht Jonas, sondern eher ein Mädchen? Grünes Haar? Blau leuchtende Haut?", erkundigte sich Alva grinsend.
„Jetzt mach dich nicht lächerlich! Als würde eine Meerjungfrau durch den Wald hüpfen", behauptete Rodrigo überheblich.
Alva biss sich auf die Lippe, um nicht laut loszulachen. „Alles klar! Dann richte ich Jonas mal aus, dass er dir

mindestens einen langweiligen Baum übrig lassen soll", erklärte sie, drehte sich wieder zurück und ging weiter. *„Die Natur ist nicht langweilig"*, krakeelte Rodrigo hinter ihr her. Kurze Zeit später sah sie ihn, wie er einen Kreis über die Schule zog, bevor er in Richtung Festland flog, wo es sicher keine bunten Bäume gab.

Vor der Schule standen Mädchen und Jungen in Grüppchen zusammen. Alva sah Tills rotes Jo-Jo, das immer wieder über die Köpfe hinausflog. Während sie an den Kindern vorbei zu ihren Freunden ging, hörte sie ein Mädchen schwärmen: „Wisst ihr noch, das letzte Schulfest? Diese Ritterburg war einfach phänomenal!"
Plötzlich wurde sie von hinten angerempelt. Fast wäre ihr das Tablet aus der Hand gerutscht. Sie umfasste es fester.
„Hey! Geht's noch?", motzte sie dem Jungen sauer hinterher. Erst jetzt erkannte sie Felix.
Auch andere Kinder beschwerten sich.
„Pass doch auf!"
„Aua, das war mein Fuß!"
„He, du Knalltüte, hier stehen Menschen!"
Doch Felix pflügte unbeirrt durch die Menge, als würde er nichts hören. Sein Auftritt lenkte Alva zumindest

kurzfristig von ihrem rosa Riesen-Tablet ab. Doch kaum war Felix verschwunden, hatte sie wieder das Gefühl, von allen Seiten angestarrt zu werden. Und das, obwohl zwei Kängurus und ein Nashorn auf der Wiese standen, ein Junge die Wand der Schule herunterspaziert kam und eine kleine Windhose um die Turnhalle kreiselte.
Kaum war sie bei Till, Jonas und Mala angekommen, stellte sie das Gerät zwischen ihre Füße auf den Boden.
Till beobachtete sie grinsend. „Herrn Petrullas Idee?“, fragte er.
Alva verzog den Mund, bevor sie ihm nickend zustimmte. Dann drehte sie sich zu Jonas, der gerade wieder etwas auf seinem Block notierte, und meinte: „Rodrigo schätzt es überhaupt nicht, wenn ihr seine Bäume einfärbt.“
„Psssst“, zischte Jonas leise, rückte etwas näher zu ihr und flüsterte: „Das ist doch geheim!“
Alva senkte ebenfalls die Stimme und wisperte aufgeregt: „Und hat es etwas mit dem Schulfest zu tun?“
Jonas richtete sich wieder auf und behauptete: „Nein, natürlich nicht!“ Das klang nicht sehr glaubwürdig.
Alva musterte ihn grinsend, beugte sich ein Stück zu ihm hin und antwortete ebenfalls ganz leise: „Ich kann dir gar nicht sagen, wie gespannt ich auf dieses Schulfest bin.“

„Ach, herrje“, sagte Mala auf einmal mit Blick auf Alvas Arme. Sowohl die Schrift wie auch die Farbe waren kaum noch zu sehen. „Du hast das Gedicht hoffentlich schon abgeschrieben?“, erkundigte sie sich besorgt.
Alva nickte und antwortete: „Ja klar!“ Sie kramte in ihrer Tasche nach dem Papier, als plötzlich die Erde bebte. Wildes Schnauben war zu hören. Das Nashorn kam über den Vorplatz getrampelt. Es war schnell. Unheimlich schnell. Hinter ihm jagte eines der Kängurus her.
„Vorsicht“, rief Alva, schubste Jonas und Mala zur Seite und sprang selbst im letzten Moment aus der Bahn.
Till schaute den beiden verwundert nach und fragte: „Was war das denn?“
Alva beobachtete, wie die Jagd an der Anhöhe plötzlich stoppte. „Vielleicht ein Wettrennen?“, schlug sie vor und rief dann entsetzt: „NEIIIIIN! Mein Tablet!“ Sie hatte das Gerät ganz vergessen, und so wie es aussah, war das Nashorn darübergestampft. Fassungslos hob Alva die traurigen Reste auf. Das Glas klirrte. Die Hülle war dreckverschmiert und platt gewalzt. Doch sie war das Einzige, was den Scherbenhaufen noch zusammenhielt.
Alva schloss die Augen und atmete tief ein. „Herr Petrulla kriegt einen Vollföhn!“, jammerte sie kopfschüttelnd.

Jonas behauptete sofort: „Na, aber *dafür* kannst du jetzt wirklich nichts!“

Mala klopfte Alva aufmunternd auf die Schulter.

Till nahm ihr das Gerät vorsichtig aus der Hand und betrachtete es genauer. „Mal ehrlich, Herr Petrulla ist selbst schuld. Hättest du es in deine Tasche packen können, wäre es jetzt nicht totaler Schrott!“, versuchte er sie zu trösten.

Alva hob zweifelnd die Augenbrauen: „Möchtest du ihm das so erklären?“, fragte sie.

Fritzi schlängelte auf dem Skateboard in engen Kurven auf sie zu. „Jetzt mal ehrlich! Ich war doch nur ein paar Minuten weg. Wie machst du das immer?“

Aus der Ferne hörte Alva Felix lautstark mit jemandem streiten. Die Stimmen verzerrten sich in ihrem Kopf und auf einmal schrillte dort ein nerviges Piepen.

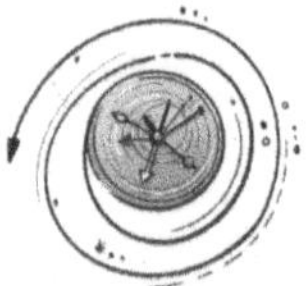

ZipZipZipZipZipZipZipZipZip

Plötzlich bebte die Erde. Wildes Schnauben war zu hören. Das Nashorn kam über den Vorplatz getrampelt. Es war

schnell. Unheimlich schnell. Hinter ihm jagte eines der Kängurus her.

„Nichts wie weg", rief Alva und bückte sich, um sich ihr Tablet zu schnappen. Sie schob ihre Freunde mit aus der Bahn. Staubend und schnaufend trampelte das Nashorn an ihnen vorbei.

Till deutete auf das Tablet in Alvas Händen. „Glück gehabt, oder?", meinte er und ließ sein Jo-Jo neben sich hoch- und runterlaufen.

Alva nickte mit schreckgeweiteten Augen. „Nicht auszudenken, was passiert wäre, wenn ich das vergessen hätte", stöhnte sie erleichtert.

Fritzi rollte auf ihrem Skateboard an. Sie sprang runter und fing das Board gekonnt auf. Kopfschüttelnd schaute sie Nashorn und Känguru hinterher. „Heute mal wieder viele wilde Tiere unterwegs, oder?", bemerkte sie grinsend.

Mala deutete in die Menge. „Wen haben wir denn da?", rief sie freudig. „Sabita ist wieder hier!"

Alva reckte ein bisschen den Hals. Sie konnte das Mädchen kaum sehen, denn es war von Kindern umringt. Kommentare wie „Oh, du Arme!", „Tut es sehr weh?" und „Geht es dir gut?" waren von allen Seiten zu hören.

Die Kinder strömten zum Schulhaus, denn der Unterricht würde gleich losgehen. Till fing sein Jo-Jo aus der Luft auf. „Dann mal los, Fähnchen-Bommer und das Sonnensystem. Ein Chaos galaktischen Ausmaßes ist vorprogrammiert", brummte er missmutig.

KAPITEL 8

EINE GANZE UFOFLOTTE

Nach dem Unterricht stürmten die Kinder aus dem Schulgebäude. „Das ist mit Abstand das blödeste Projekt des Universums“, schimpfte Jonas enttäuscht. Herr Bommer hatte sie den ganzen Vormittag mit den Entfernungen zwischen Planeten und deren Gewicht und Größe gequält.
Till nickte zustimmend. „Warum müssen wir auf den Kilometer genau wissen, wie weit die Sonne von der Erde entfernt ist?“
Fritzi warf ihr Skateboard vor sich auf den Boden. „Vor

allem, weil die Erde da irgendwie eierförmig drum rumtrudelt", murrte sie, sprang auf das Board und rollte neben den anderen zur Mensa.

In der Eingangshalle stellte Alva ihre Tasche ins Regal. „Wer kommt heute Nachmittag mit zum Kiosk?"

Till sagte sofort begeistert zu.

Mala mühte sich ab, ihren Rucksack in eines der Fächer zu stopfen. „Ich nicht! Wir dürfen es nachher im Talentunterricht hageln lassen", schwärmte sie.

Alva drehte sich zu Jonas um. „Und? Mister Schulfest? Was ist mit dir?", fragte sie grinsend.

Jonas schüttelte den Kopf. „Keine Zeit. Aber …" Er öffnete seinen Rucksack und wühlte darin herum. „… könntet ihr mir Brause-Ufos mitbringen?"

Alva runzelte die Stirn. „Brause… was?", erkundigte sie sich verwirrt.

Jonas hatte gefunden, was er suchte. Er hielt ein linsenförmiges blaues Ding hoch und verkündete: „Das ist ein Brause-Ufo!"

Alva betrachtete das runde Etwas aus Esspapier verwundert und erklärte: „Hab ich noch nie gesehen!"

Till nahm es Jonas aus der Hand. „Hmmmm", brummte er. „Ist aber lecker!"

„Wie?", fragte Jonas fassungslos. „Hast du das jetzt etwa gegessen? Das war eine der tragenden Säulen des Schulfests!"
Till nickte und meinte: „Entspann dich, wir bringen dir eine ganze Flotte mit!"

Nach dem Mittagessen gingen Fritzi, Till und Alva zu Herrn Petrulla, um sich ihren Ausflug genehmigen zu lassen.
Fritzi klopfte an und öffnete nach dem „Herein" die Tür. Der Schulsekretär saß an seinem Schreibtisch, musterte die Kinder und fragte: „Was begehrt ihr denn zu dieser mittäglichen Zeit?" Er redete immer so gestelzt.
Alva verkniff sich das Lachen und fragte: „Dürfen wir rüber aufs Festland fahren?"
„Wohin? Wie lange?", fragte der Sekretär.
„Zum Kiosk. Vielleicht Eis essen. Zwei Stunden?", antwortete Till ähnlich abgehackt.
Herr Petrulla murmelte leise vor sich hin: „Ein Vergnügen ihr plant, als hätte ich's geahnt …" Er aktivierte den Bildschirm seines Computers, tippte und sagte: „Alles klar! Ihr dürft euch bei Herrn Harms Fahrräder abholen." Dann richtete er sich ein Stück auf und sprach mit einer Stimme,

als würde er auf einer Bühne stehen: „So gehet und kaufet die Waren, die ihr so dringend benötigt, labet euch an der Erfrischung des gefrorenen Zuckers …“ Dann wechselte er wieder in seine strenge Sekretärstimme: „… aber Glockenschlag fünf Uhr seid ihr wieder da! Verstanden?“
Die drei nickten grinsend und verabschiedeten sich. Sie holten beim Hausmeister die Fahrräder und Helme ab und machten sich auf den Weg.

Aufgeregt radelte Alva über die Brücke. Seit sie die SCHOOL OF TALENTS besuchte, war sie nicht mehr auf dem Festland gewesen. Sie schaute kurz zurück. Von Weitem sah die Insel nicht nur wahnsinnig gemütlich, sondern auch total normal aus. Vielleicht würde die eine tiefschwarze Wolke, aus der es gigantische Hagelkörner regnete, ein paar Fragen aufwerfen. Doch abgesehen davon wirkte Nebelfels wie jede andere Insel auch. Zumindest aus der Ferne betrachtet.
Alva sah wieder nach vorne, gerade noch rechtzeitig, bevor sie in die Nebelwand fuhren.
Was für eine Suppe! Alva hob die Hand vors Gesicht. Sie konnte kaum die Umrisse erkennen. Die blauen Streifen, die Lotte ihr verpasst hatte, waren inzwischen wieder weg.

So, wie auch die Welt um sie herum zu verschwinden schien. Alva fröstelte. Der Nebel war so dicht, dass die Sonne nicht durchkam. Wie aus dem Nichts erschien plötzlich Tills Hinterreifen vor ihr. Sie bremste und rutschte ein bisschen. Es hätte nicht viel gefehlt, und sie wäre in sein Fahrrad gerauscht.

Alva bemerkte einen großen Schatten vor sich. Sie waren am Tor angekommen, das die Insel vom Festland trennte. Eine Gestalt ging durch den Nebel. Es war Fritzi auf dem Weg zu einer der Säulen. Zumindest nahm Alva das an, erkennen konnte man nur die Umrisse.

„Siehst du das Tastenfeld überhaupt?", hörte Alva Till in das weiße Nichts fragen.

Statt einer Antwort piepste es sechs Mal. Fritzi gab bereits den Tagescode ein, den sie von Herrn Petrulla bekommen hatten. Wie von Geisterhand bewegte sich der riesige Schatten des Tors. Nur das leise metallische Quietschen ließ vermuten, dass die Flügel zur Seite schwangen.

Langsam schoben die Kinder ihre Fahrräder weiter. Nach ein paar Metern wurde das weiße Nichts heller. Es zerfiel in Schwaden, durch die Sonnenstrahlen fielen. Hinter sich hörten sie das Tor, das sich leise wieder schloss. Die Sonne schien immer kräftiger.

Sie hatten die Nebelwand durchquert.

Über Feldwege und an Wiesen vorbei kamen sie nach kurzer Zeit in ein Dorf. Till und Fritzi hielten an einem grün gestrichenen Holzhäuschen und setzten ihre Helme ab. Eine weiß-grüne Markise flatterte vor dem Eingang. Während sie ihre Fahrräder absperrten, schaute Till auf seine Armbanduhr. „Oh, wir sind ja viel zu früh dran. Es ist erst zehn vor drei. Die haben noch gar nicht auf", erklärte er.

In diesem Moment schlug die Glocke des Kirchturms drei Uhr.
Fritzi warf einen Blick auf Tills Uhr. „Die geht nach!", stellte sie fest und lief zum Eingang. Die Tür stand offen. Eine Frau rollte einen Ständer mit Postkarten nach draußen.
Till musterte stirnrunzelnd seine Uhr. „In Herrn Petrullas Büro stimmte sie aber noch", murmelte er verwundert. Er nahm sie ab, um die richtige Uhrzeit einzustellen.
Alva und Till folgten Fritzi in den Kiosk. Alva sah sich begeistert um. „Wow, das ist ja ein richtiger Laden", bemerkte sie.

Die Frau stand inzwischen wieder hinter der Theke. „Kann ich euch helfen?“, fragte sie.
Till bestellte zwanzig Brause-Ufos. An der Rückwand stand ein Regal mit riesigen Gläsern voller Süßigkeiten. Aus einem zählte die Verkäuferin die Brause-Ufos ab. Links neben dem Eingang gab es einen Drehständer mit Büchern. Alva entdeckte ein paar Bände ihrer Lieblingsreihe von der Schatzsucherin Hanni Schliemann. Und sie kannte drei davon noch nicht.
In der Mitte des Raumes stand ein Tisch, auf dem allerlei Schnickschnack wie kleine Geduldsspiele, Buttons, lustige Radiergummis, Kreisel und Flummis lagen. Fritzi drückte auf einen Blechfrosch, der knacksende Geräusche machte. Es gab auch Postkarten, Hefte, Wasserfarben, Pinsel ... praktisch alles, was man für die Schule brauchte.
Till bezahlte seine Brause-Ufos. Alva stellte sich neben ihn und betrachtete die vielen Süßigkeiten in den Gläsern. Was sollte sie nur nehmen?
Plötzlich knallte es hinter ihr ohrenbetäubend. Alva fuhr erschrocken herum. Fritzi stand mit einer Korkenpistole in der Hand da. „Uuuupsi, das war laut“, murmelte sie und legte die Pistole mit hochrotem Kopf auf den Tisch zurück.

Als Alva sich wieder den Süßigkeiten zuwendete, bemerkte sie, dass Till fehlte. Die Verkäuferin hatte sein Wechselgeld in der Hand und fragte verblüfft: „Wo ist der so schnell hin? Er bekommt noch dreißig Cent raus."
Alva schaute auf den Boden. Und tatsächlich! Dort stand Till, nicht viel größer als die Tüte Brause-Ufos, die neben ihm auf dem Boden lag.

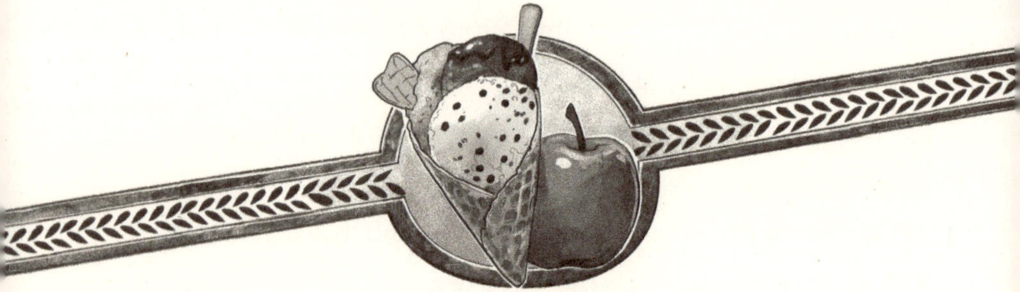

KAPITEL 9

ALVA WER?

Alva bückte sich schnell und steckte Till vorsichtig in ihre Tasche. Mit der Tüte Brause-Ufos in der Hand richtete sie sich wieder auf. Sie tat so, als blickte sie sich nach Till um. Dabei überlegte sie fieberhaft, wie sie sein plötzliches Verschwinden erklären konnte. Aber ihr fiel nichts Sinnvolles ein. „Komisch", murmelte Alva nur und sah Fritzi Hilfe suchend an.

Die deutete zur Tür und meinte: „Der ist gerade rausgerannt. Ich glaub, er hat vergessen, sein Fahrrad abzuschließen."

Das klang ziemlich überzeugend. Erleichtert nickte Alva ihrer Mitbewohnerin zu. Dann streckte sie der Verkäuferin die flache Hand entgegen und sagte: „Ich nehm sein Wechselgeld mit. Und für mich bitte fünf Schokowürfel mit Erdnussfüllung." Sie bemerkte, wie Fritzi angeekelt ihr Gesicht verzog, und fügte schnell hinzu: „Und fünf ohne Füllung."

Als sie mit ihren Einkäufen wieder vor dem Kiosk standen, fragte Fritzi leise: „Wo hast du ihn versteckt?"

Alva öffnete ihre Tasche. Till saß an ein Buch gelehnt auf einem Apfel. „Sehr gemütliche Sitzgelegenheit, so ein Obst!", meinte er lachend.

Alva und Fritzi gingen weiter zur Eisdiele. Alva trug ihre Tasche unter dem Arm, damit Till darin nicht so rumgewirbelt wurde. „Bitte kein Zitronengeschmack", krähte er. Fritzi schnipste mit dem Finger leicht gegen den Stoff und zischte: „Hey, sprechende Tasche, nicht so laut! Die Leute schauen uns schon an."

Sie setzten sich mit ihrem Eis auf die Stufen, die zu einem kleinen Platz mit der Kirche darauf führten. Die Tasche stand geöffnet zwischen ihnen. Alva hoffte, dass niemand beobachtete, wie sie kleine Waffelstücke mit Eis in ihre Tasche reichte.

Nachdem sie das Eis aufgegessen hatten, lehnte sich Alva zurück und blinzelte träge in die Sonne. Sie unterhielten sich über das Schulfest. Fritzi erzählte fantastische Geschichten. Till nickte zustimmend. Es hörte sich so unglaublich an, dass Alva ganz aufgeregt wurde. Plötzlich schreckte sie hoch. „Wie spät ist es?", fragte sie.
Till meldete: „Alles gut, es ist zwanzig vor fünf!"
Sie machten sich auf den Rückweg. Gut, dass Alvas Fahrrad vorne einen Korb hatte. Alva legte ihre Tasche so rein, dass Till es sich darin gemütlich machen konnte. Wenn er auf dem Apfel stand, konnte er sogar über den Rand nach draußen schauen. Alva fuhr total langsam, damit er nicht bei jedem Schlagloch durch die Tasche geschleudert wurde. Fritzi hielt Tills Fahrrad am Lenker und ließ es neben sich herrollen.
So brauchten sie für den Rückweg viel länger als gedacht. Alva wurde nervös. Und tatsächlich, es war nach fünf Uhr, als sie endlich am Tor ankamen. Herr Petrulla war wahrscheinlich schon total sauer.
Mit einem mulmigen Gefühl drückte sie auf den Klingelknopf der Sprechanlage.
„Ja bitte?", meldete sich Herr Petrulla mit ganz geschäftsmäßiger Stimme.

SK8

Alva räusperte sich und sagte: „Hallo, Herr Petrulla, hier ist Alva. Wir sind wieder da."
„Alva wer?", fragte es von der anderen Seite.
„Alva Schröder", antwortete sie kopfschüttelnd.
Es knisterte kurz in der Leitung. Dann hörten sie wieder die Stimme des Schulsekretärs. „Ja, wir haben hier eine Alva Schröder", antwortete er und fragte: „Haben Sie einen Termin?"
Alva starrte verblüfft auf die Sprechanlage. Fritzi verdrehte die Augen und fragte flüsternd: „Macht er das, weil wir fünf Minuten zu spät sind?"
Herr Petrulla hakte inzwischen noch einmal lauter nach: „Gehören Sie zur Familie? Haben Sie einen Termin?"
Alva beugte sich dichter zur Sprechanlage und sagte: „Aber Herr Petrulla, ich bin's doch selbst."
„Wer *ich*?", klang die Stimme misslaunig aus der Sprechanlage.
„Alva Schröder! Ich stehe mit Till und Friederike vor dem Tor", erklärte sie verzweifelt.
„Netter Versuch! Aber alle Kinder der Schule sind hier auf der Insel!", sagte der Schulsekretär bestimmt.
Alva warf den anderen einen fragenden Blick zu. Warum stellte sich Herr Petrulla denn so an? Fritzi tippte sich mit

dem Finger an die Stirn, deutete auf die Sprechanlage und murmelte: „Zieht bei dem ein Wanderzirkus durch den Kopf, oder was?"

Alva nickte kichernd, bevor sie langsam und deutlich sagte: „Wir haben uns vorhin bei Ihnen abgemeldet."

Sie hörten Herrn Petrulla lachen: „Lasst euch etwas Besseres einfallen, wenn ihr mich an der Nase rumführen wollte, ihr Rabauken!" Es knackste und die Leitung war unterbrochen.

Till fragte verblüfft: „Will der uns etwa zur Strafe hier draußen übernachten lassen?"

Doch Fritzi schüttelte den Kopf. „Nein", antwortete sie nachdenklich. „Er glaubt, wir sind Kinder aus dem Dorf, die versuchen, auf die Insel zu kommen."

Alva bedachte die Sprechanlage mit einem giftigen Blick. „Ja, aber wir haben uns doch bei ihm abgemeldet. Das kann er doch nicht vergessen haben!", regte sie sich auf.

Till winkte ab. „Das klärt sich schon irgendwie. Vorausgesetzt, er lässt uns jemals wieder auf die Insel. Irgendwelche Ideen?"

Alva dachte angestrengt nach. Dann fiel ihr etwas ein. Grinsend drückte sie auf den Knopf der Sprechanlage.

„WAS?", meldete sich der Schulsekretär sehr ungehalten.

„Herr Petrulla, hier ist wirklich Alva. Die, die schon drei Tablets zerstört hat und …"
Weiter kam sie nicht.
„ALVA?", kreischte die Stimme aus der Sprechanlage. „Was machst du denn VOR dem Tor? Sofort rein mit dir, und in zwei Minuten will ich dich hier im Sekretariat sehen!"
Das Tor öffnete sich. Erleichtert fuhren die Kinder auf die Insel. Bevor sie zu Herrn Petrulla gehen konnten, mussten sie noch die Fahrräder abgeben.
„Wer hat euch erlaubt, die einfach zu nehmen?", schnauzte Herr Harms.
„Sie", antwortete Fritzi.
Der Hausmeister musterte die Kinder gereizt. „Das ist doch das Allerletzte", polterte er los. „Lügt mir auch noch frech ins Gesicht! Verbrecher seid ihr, alles nur Verbrecher!" Er schnappte die Fahrräder und verschwand grummelnd im Bootshaus. Alva, Fritzi und Till sahen ihm verwirrt hinterher.
Bei Herrn Petrulla lief es auch nicht besser. Er schimpfte wie ein Rohrspatz und plusterte sich dabei auch so auf. Sie beteuerten mehrfach ihre Unschuld. Er glaubte ihnen nicht.
Till, der auf dem Empfangstresen stand, verteidigte sie

tapfer: „Aber wir waren doch nach dem Mittagessen hier und haben Sie gefragt."
Herr Petrulla beugte sich zu ihm runter: „Heute?", hakte er streng nach.
Till wich ein kleines Stück zurück und nickte.
„Ha!", rief der Sekretär und richtete sich wieder auf. „Hier war heute Mittag NIEMAND", wetterte er.
Alva musterte ihn mit gerunzelter Stirn. „Doch!", widersprach sie und schluckte trocken, als der Sekretär sie forschend musterte. Sie räusperte sich und erklärte: „Wir waren da. Sie haben uns erlaubt, bis fünf Uhr wegzubleiben."
Herr Petrulla schaute mit hochgezogener Augenbraue zur Wanduhr. „Dann seid ihr auf alle Fälle zu spät", bemerkte er trocken.
Tatsächlich. Die Uhr zeigte zehn nach sechs. Wie lange hatten sie denn für den Rückweg gebraucht?
„Aber …", stammelte Alva. Sie wusste nicht, was sie sagen sollte. Hier stimmte etwas nicht.
Fritzi schüttelte ungläubig den Kopf. „Aber Sie haben uns erlaubt, aufs Festland zu gehen", behauptete sie trotzig.
„Nicht in meinen kühnsten Träumen", rief Herr Petrulla außer sich.

Alva dachte angestrengt nach. „Und wie sind wir dann durch das Tor rausgekommen?", fragte sie auf einmal.
Till begann eifrig zu nicken.
„Genau!", rief er. „Wir sind da ja wohl kaum drübergeklettert!"
Fritzi lachte kurz auf, bevor sie aufgeregt ergänzte: „... mit Fahrrädern, die wir gar nicht haben dürften!"
Der Sekretär musterte die Kinder verblüfft. Alva konnte erkennen, wie seine Wut der Verwunderung wich. „Das ist allerdings eine wirklich gute Frage", gab er unwillig zu. Er aktivierte erneut seinen Bildschirm. „Aber heute Nachmittag war niemand da", murmelte er und hörte sich gar nicht mehr so überzeugt an. Er kratzte sich an der Stirn. „Ich geh der Sache mal nach, und ihr ... ab zum Abendessen mit euch!"
Damit waren sie entlassen.

KAPITEL 10

U-BAHN ZUM MARS

Fritzi, Alva und Till verließen das Sekretariat. Till ging aufgeregt auf Alvas Schulter hin und her. „Das war echt schräg, oder?", fragte er.

Fritzi bemerkte nachdenklich: „Herr Petrulla vergisst doch NIE etwas."

Alva nickte zustimmend. „Ja, leider!", brummte sie und dachte an all ihre kaputten Tablets und die endlosen Diskussionen mit dem Schulsekretär.

Fritzi hüpfte die Stufen nach unten. „Komisch! Herr Harms hat auch so getan, als hätte er keine Ahnung."

„Ja, stimmt! Wieso vergessen die denn alles?", wunderte sich Alva.

Während sie den Kiesweg entlang zur Mensa schlenderte, schaute sich Alva um. Hinter der Turnhalle zuckten Blitze durch die Luft. Das dumpfe Grollen eines Dinosauriers hallte über die Insel. Neben der Tür zur Mensa lehnte ein riesiger Rucksack.

„Gibt es hier vielleicht ein Talent, das Menschen Dinge vergessen lässt?", fragte Alva.

Fritzi runzelte nachdenklich die Stirn. „Nicht dass ich wüsste", antwortete sie und sah Till an.

Alva konnte fühlen, wie er auf ihrer Schulter entschieden den Kopf schüttelte. „Hab ich noch nie gehört", sagte er, als sie durch die Eingangshalle gingen.

Alva las den Essensplan. „Ach komm!", maulte sie. „Es gibt heute auch wieder Kartoffeln?"

Im Durchgang zum Speisesaal blieb sie wie angewurzelt stehen. „Das ist doch nicht möglich!", murmelte sie verblüfft.

Von Till auf ihrer Schulter hörte sie nur ein ungläubiges „Hääääää? Schon wieder?".

Fritzi, die weitergegangen war, drehte sich zu ihnen um. „Was?", fragte sie.

Alva deutete in die Mitte des Raums, wo eine gigantische Auflaufform stand. Der Boden war nass und Kinder waren damit beschäftigt, Stühle aufzustellen. Doch Fritzi zuckte unbeeindruckt mit den Schultern. „Sieht nach einer Spontanverwandlung aus. Was ist daran merkwürdig?", wollte sie wissen.

Alva ging unsicher weiter. „Hast du auch manchmal dieses Gefühl, etwas schon mal erlebt zu haben?", erkundigte sie sich bei Fritzi. Die nickte, und Alva erklärte: „So fühlt sich das gerade an." Sie spürte, dass Till nickte.

Fritzis Blick wanderte zweifelnd von einer zum anderen. „Bei euch beiden?", hakte sie verblüfft nach.

Sie holten sich Essen. Missmutig nahm sich Alva von den Kartoffeln. „Kennen wir uns?", fragte sie die zwei Knollen auf ihrem Teller. Dann balancierten sie ihre Tabletts zu Mala und Jonas, die schon an einem der Tische saßen.

Jonas rutschte aufgeregt auf seinem Stuhl hin und her. Inzwischen hatte er fast mehr farbige Federn als Haare auf dem Kopf.

„Boah, ihr habt echt was verpasst!", fing er an. Dann bemerkte er den geschrumpften Till, der von Alva auf die Tischplatte gesetzt wurde. „Wann ist das denn passiert?", fragte er überrascht.

Till schob den Salzstreuer über den Tisch. „Heute Nachmittag“, ächzte er.
Jonas legte den Salzstreuer als Bank an seinen Teller. Till setzte sich darauf und stützte die Ellbogen auf den Tellerrand. „Boah, was haben wir verpasst?“, erinnerte er seinen Freund.
Jonas dachte kurz nach. Dann ging ein Strahlen über sein Gesicht. „Ihr habt das Superchaos verpasst“, erzählte er lachend. „Theo hat sich gerade …“
„… verwandelt?“, beendete Alva fragend seinen Satz.
„Richtig“, nickte Jonas und erzählte weiter: „Es war total lustig, denn er wurde zu einem …“
„… Hammerhai?“, ergänzte Till mit gerunzelter Stirn.
Jonas musterte ihn genervt. „Ja, Mann, aber das ist kein Lückentext, sondern meine Geschichte“, maulte er und verteilte kleine Kartoffelstücke mit einem winzigen Klecks Kräuterquark auf seinem Tellerrand.
Mala reichte Till einen abgebrochenen Zahnstocher, damit er nicht mit den Händen essen musste. „Ihr habt es auch mitbekommen?“, mutmaßte sie.
Alva schüttelte langsam den Kopf. „Nein, also … ja.“
Till spießte ein Ministück Kartoffel auf und erklärte: „Theo hat sich doch schon gestern verwandelt.“

„Gestern?“, wiederholte Mala und starrte Till mit offenem Mund an.
„Ja, gestern“, sagte er unsicher.
Alva kratzte sich nachdenklich an der Stirn. „Das macht ihr mit Absicht, oder?“, fragte sie Mala und Jonas. Gleich würde Jonas loslachen. Er war nicht gut darin, jemanden zu verhohnepipeln.
Doch er blieb ernst. „Gestern hat sich hier niemand verwandelt!“, behauptete er. „Ben hat mit Till wegen des Trainings heute Nachmittag geredet. Und das Krönchen: Es gab Pfannkuchen!“
Jetzt schauten Alva und Till beide fassungslos Jonas an. Till schüttelte wie in Zeitlupe den Kopf und Alva flüsterte: „Nein, das war vorgestern.“
Jonas runzelte die Stirn. „Quatsch mit Soße!“
Da mischte sich Fritzi ein. „Doch, Pfannkuchen gab es am Dienstag und heute ist Donnerstag.“
Mala ließ Fritzi nicht aus den Augen, während sie sich zu einem Mädchen am Nachbartisch beugte und fragte: „Welchen Wochentag haben wir heute?“
„Mittwoch“, kam prompt die Antwort.
Alva hatte den Faden verloren. „STOPP! Wer veräppelt hier wen?“, fragte sie verwirrt.

Jonas sprach mit einer Art Computerstimme: „Uuuuhu-piep-piep, kommen aus der Zukunft, up-piep-up, super Masche, uh-piep-uh piiiiep, glaube euch aber kein Wort, piep-uh piep …" Er drehte den Kopf wie ein Roboter ruckartig hin und her.

Till beobachtete ihn grinsend. „Stecken dir die Federn zu fest im Hirn?", erkundigte er sich, während Fritzi stockend antwortete: „Äääähm, das ist keine Masche! Glaub ich? Wir waren offenbar wirklich in der Zukunft. Oder so …"

Jonas gab seine roboterhaften Bewegungen wieder auf und schnappte hörbar nach Luft. „Ehrlich? Wie cool", jubelte er und bombardierte die Freunde mit Fragen: „Wie weit wart ihr? Gibt es da Aufräum-Roboter? Unterwasser-Häuser? Eine U-Bahn zum Mars? Und das Wichtigste: Bin ich Admiral der All-Star-Raumflotte?"

Till kugelte vor Lachen fast von seinem Salzstreuer. „Wir waren doch nicht sooooo weit!"

Jonas schmollte enttäuscht. „Sicher nicht? Oder dürft ihr nur nicht darüber sprechen?", fragte er schon fast hoffnungsvoll.

Alva versuchte zu begreifen, was los war. „Theo hat sich gestern verwandelt. Für euch aber heute. Dann …", fasste sie zögerlich zusammen, „… dann waren Fritzi, Till und ich … im Morgen?“

Enttäuscht schaute Jonas sie alle nacheinander an. „Wie? Nur einen Tag! Das ist ja lahm!“, murrte er.

Mala hingegen hatte Mühe, ernst zu bleiben: „Mit der Nummer könnt ihr echt auf Tournee gehen“, kicherte sie.

Alva warf Till und Fritzi einen fragenden Blick zu. Es war vollkommen klar: Die beiden glaubten ihnen nicht.

Alva hatte eine Idee. Sie stand auf, flitzte in die Eingangshalle und kramte die Tüte Brause-Ufos und den Zettel mit dem Gedicht aus ihrer Tasche. Wieder im Speisesaal bei den Freunden angekommen, legte sie die Tüte vor Jonas auf den Tisch.

„Du hast ein blaues Brause-Ufo in deinem Rucksack und wirst uns morgen bitten, dir eine Tüte davon mitzubringen!“, erklärte sie.

Überrascht nahm Jonas die Tüte in die Hand. „Woher weißt du das?“, fragte er verwirrt.

„Aus der Zukunft“, antwortete Alva und fügte listig hinzu: „Und du hast uns auch verraten, was du damit auf dem Schulfest vorhast!“

Jonas schüttelte unbeeindruckt den Kopf und meinte grinsend: „Netter Versuch, aber ganz sicher nicht!“

Mit einem enttäuschten Brummen setzte sich Alva und deutete in Richtung Mala. „Du hast vorhin auf der Infotafel ein neues Gedicht entdeckt", erinnerte sie die Freundin.

Auf Malas Stirn bildete sich eine Denkfalte. „Das stimmt, aber ich hatte nichts, um es aufzuschreiben."

Alva legte das Papier mit dem Gedicht vor Mala hin. „Gestern hattest du Lolas grünen Glitzerstift dabei", erklärte sie. Mala musterte sie unsicher, bevor sie auf das Blatt vor sich schaute. Dann hob sie überrascht den Kopf. „Das ist das Gedicht! Woher hast du es?"

Alva hob grinsend ihren Arm. Die grüne Tinte war kaum noch zu sehen. „Du hast es mir mit dem Glitzerstift auf den Arm gekritzelt. Er hat nach Apfel gerochen."

Stirnrunzelnd schüttelte Mala den Kopf. „Wann?", wollte sie wissen.

„Gestern", antwortete Alva.

Die Augen ihrer Freundin weiteten sich vor Verwunderung. „Das kann doch nicht sein", flüsterte sie.

Alva lehnte sich zurück und behauptete schulterzuckend: „Doch, irgendwie schon. Es ist einfach passiert."

„Wie, einfach passiert?", hakte Jonas aufgebracht nach. „Ihr müsst doch etwas gespürt haben."

Alva und Till schüttelten die Köpfe, während Fritzi betonte: „Wir sind nur zum Kiosk gefahren. Da war gar nichts!"

Jonas ließ sie nicht aus den Augen. „Wie? Keine Lichtblitze? Sich drehende Wirbel? Erdbeben? Ein Tunnel, Tor, sonst was total Merkwürdiges?", wollte er wissen.

Alva ging in Gedanken noch einmal ihren Ausflug durch. Ihr fiel nur eine Sache ein, die sie echt merkwürdig fand.

„Der Nebel", sagte sie tonlos.

Die anderen musterten sie fragend. Alvas Mund wurde vor Aufregung ganz trocken. Sie räusperte sich. „Vielleicht liegt es am Nebel?", wiederholte sie leise.

Niemand erwiderte etwas. Offenbar fand keiner die Möglichkeit total verrückt. Nach kurzer Zeit fing Mala fast unmerklich an zu nicken. „Immerhin kann niemand genau sagen, warum er IMMER da ist", erklärte sie nachdenklich.

Sie sahen sich zweifelnd an. Konnte es wirklich sein, dass in dieser Nebelwand viel mehr steckte, als sie bisher gedacht hatten?

KAPITEL 11

HELD DER SCHNECKIS

Am nächsten Morgen nahm Alva ihr Tablet aus der Schutzhülle und steckte es in ihre Tasche.

Fritzi beobachtete sie grinsend. „Ganz schön mutig, dich Herrn Petrulla zu widersetzen."

Alva zuckte mit den Schultern. „Ich weiß ja, dass nachher ein Nashorn durchstartet. In der Tasche ist das Tablet tausendmal sicherer", sagte sie.

Gemeinsam verließen sie das Wohnhaus und gingen in Richtung Schule.

Alva fand es total merkwürdig, zu wissen, was in ein paar

Sekunden passieren würde. Gleich müssten neben ihnen in der Wiese Marienkäfer losjubeln, weil sie eine Blattlauskolonie gefunden hatten. Und schon hörte Alva sie johlen.
Unwillkürlich wanderte ihr Blick zum Himmel. Denn eigentlich müsste der Bussard über ihnen spitze Schreie ausstoßen. Da schallte der gellende Ruf des Vogels über die Insel:

„MAUS! MAUS! MAUS!“

Alva bedachte Fritzi mit einem schnellen Seitenblick. „Ein bisschen unheimlich ist das schon irgendwie, oder?“, murmelte sie.
Fritzi nickte unmerklich. „Wie ein Film, den man schon mal gesehen hat. Nur dass man mittendrin ist“, stimmte sie zu.
Sie kamen an die Stelle, an der Fritzi gestern in Richtung Stall abgebogen war. Doch sie blieb auf dem Hauptweg.
Alva runzelte die Stirn. „Du gehst nicht zum Stall?“
„Überraschung! Mal was Neues“, erklärte Fritzi grinsend. Sie schaute rüber zur Brücke, wo die Nebelwand vor sich hin waberte.
„Glaubst du wirklich, dass der Nebel Zeitreisen ermöglicht?“, fragte sie zweifelnd.

Alva zuckte mit den Schultern. „Ja … vielleicht", antwortete sie nachdenklich und fragte: „Was soll es denn sonst sein? Ein Talent etwa?"

Fritzi lachte laut auf und schüttelte entschieden den Kopf. „Ein Talent, das andere durch die Zeit schicken kann? Ich glaube, davon wüssten wir", entschied sie.

Etwas weiter vorne am Wegesrand entdeckte Alva Rodrigo inmitten seiner merkwürdigen Schneckenversammlung.

Als sie näher kamen, hörte Alva eine der Schnecken mit hoher Stimme fiepen:

„… deshalb bist du unser Held!"

Eine zweite piepste ganz aufgeregt:

„… und unser Freund!"

Sofort stimmten alle Schnecken mit ihren Stimmchen zu.

„Ein Hoch auf unseren gefiederten Helden!"

„Bravo!"

„Hipp, hipp, hurra!"

Eine ganz kleine Schnecke, die weit hinten saß, klang etwas ängstlicher:

„Ja, hurra, auf dass er uns auch ganz sicher nicht frisst!"

Rodrigo wirkte irritiert. Sichtlich unwohl trippelte er auf

der Stelle und musterte die kleine Versammlung mit nervös ruckenden Kopfbewegungen.

„Guten Morgen“, grüßte Alva, als sie bei der Krähe stehen blieben.

„Hallo, merkwürdiges Mädchen“, schnarrte Rodrigo. Er musterte Fritzi mit dem gleichen Ausdruck wie zuvor die Schnecken. *„Hallo, noch merkwürdigeres Mädchen!“*

Alva war echt froh, dass Fritzi ihn nicht verstehen konnte. Sie musterte die Schnecken genauer. „Du hast da ja eine richtige Fangemeinde am Start“, zog sie die Krähe auf. Die kleinen Kriechtiere wichen erschrocken wispernd zum Rand der Wiese zurück.

„Ja, ganz toll. Die Viecher tauchen ständig wie aus dem Nichts auf“, beschwerte sich Rodrigo.

„Klar, weil Schnecken ja so wahnsinnig flinke Tiere sind“, stimmte Alva grinsend zu.

„Ich höre da einen sehr spöttischen Unterton“, maulte die Krähe. Inzwischen waren die Schnecken in der Wiese verschwunden.

„Verstehst du denn, was sie sagen?“, erkundigte sich Alva.

„Du hast ja putzige Ideen. Ich will es gar nicht wissen. Das sind doch totale Langweiler!“, beschwerte sich die Krähe.

Die Mädchen gingen weiter, doch Rodrigo blieb zurück. ***„Sag dem Freizeit-Vogel, ich habe es satt, auf farbigen Bäumen zu hocken!“***, kreischte er hinter ihnen her.
Alva hob die Hand und rief: „Alles klar, mach ich!“
Fritzi schaute Rodrigo nach, der in Richtung Festland flog. „Geht es ihm gut?“, fragte sie besorgt.
Alva schüttelte den Kopf. „So ganz genau kann ich dir das auch nicht sagen …“, stöhnte sie, „… aber vielleicht muss ich mich bald wieder schriftlich entschuldigen!“
Sie kamen an einer Gruppe Kinder vorbei, die von den Ritterspielen des letzten Schulfests schwärmten. Alva drehte sich zu Fritzi um. „Sind die Schulfeste wirklich so gigantisch, wie alle sagen?“, wollte sie wissen.
Fritzi nickte grinsend. „Ich fand sie immer spektakulär! Einmal hat …“ Weiter kam sie nicht, weil sie von Felix übel angerempelt wurde. Sie stolperte nach vorne. Alva packte sie am Arm, sonst wäre sie hingefallen.
Wütend richtete sich Fritzi auf. „Entschuldigung, dass ich dir im Weg gestanden hab“, schnauzte sie Felix hinterher. Doch der rempelte schon den Nächsten an. Alva erkannte Elwin, den Jungen, der sich in die gruseligsten Monster verwandeln konnte. Und sie sah, dass Felix mit dem Ellbogen absichtlich nachstieß.

Elwin drehte sich blitzschnell um und packte Felix an der Schulter. „Was ist dein Problem?“, fauchte er.
Felix entwand sich seinem Griff. „Kümmer dich um deinen Kram, du Stinkmorchel!“, raunzte er zurück.
„Bei dir hat doch jemand die Schrauben zu fest angezogen“, wetterte Elwin ziemlich laut.
Immer mehr Kinder wurden auf die beiden aufmerksam. Alva sah, wie Felix die Fäuste ballte und sich zu Elwin vorbeugte. Ihre Nasenspitzen stießen fast aneinander. Er grinste und flüsterte Elwin etwas zu. Alva konnte nicht verstehen, was er sagte, doch Elwin riss sich los. Sein Gesicht verfärbte sich dunkel. Er stieß ein ohrenbetäubendes Brüllen aus. Leuchtend gelbe Pocken erschienen auf seiner immer dunkler werdenden Haut. Gigantische Reißzähne schossen aus seinem Mund. Alle wichen erschrocken einen Schritt zurück.
Nur Felix blieb wie angewurzelt stehen und verspottete den sich verwandelnden Elwin. „Ehrlich? Das ist alles, was du draufhast?“
Da kam Ben angeflitzt. „He, he, beruhigt euch“, rief er schon von Weitem. Er drehte sich zum geifernden, knurrenden Monster um. „Elwin, alles in Ordnung. Niemand will was von dir!“

Dann schnappte er Felix am Arm. „Was läuft eigentlich schief bei dir?“, raunzte er ihn an, während er seinen Teamkollegen ein Stück wegschob.
Elwin hatte sich wieder zurückverwandelt. „Das würde mich auch mal interessieren“, rief er den beiden wütend nach. Felix wirkte, als ob er gleich noch mal auf Elwin losgehen wollte. Doch Ben zog ihn weiter.
Alva schaute den beiden fassungslos hinterher. „Felix hat es drauf angelegt, dass Elwin sauer wird“, stellte sie verwundert fest.
Fritzi schüttelte den Kopf. „Sicher?“, vergewisserte sie sich und mutmaßte: „Vielleicht hat Felix ja eine neue Sportart für sich entdeckt.“
Alva runzelte die Stirn. „Wie man sich in kürzester Zeit möglichst unbeliebt macht?“, fragte sie zweifelnd. Das ergab alles keinen Sinn. Alva dachte angestrengt nach. Die Gedanken in ihrem Kopf schienen Karussell zu fahren.

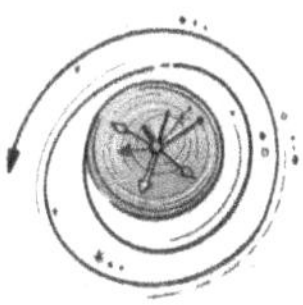

Zzzzzzzzaaaaaaaapppppppppp!

KAPITEL 12

GANZ OHNE SCHNICKSCHNACK

Auf ihrem Weg zur Schule hatten Fritzi und Alva Rodrigo getroffen. Alva interessierte sich nur so halb für sein Schneckenproblem. Er flatterte beleidigt davon. Fritzi schaute der Krähe nach, die in Richtung Festland flog.
„Geht es ihm gut?“, fragte sie besorgt.
Alva schüttelte den Kopf. „So ganz genau kann ich dir das auch nicht sagen …“, stöhnte sie, „… aber vielleicht muss ich mich bald wieder schriftlich entschuldigen!“

Sie kamen auf dem Vorplatz der Schule an. Kinder standen in Grüppchen zusammen und unterhielten sich. Alva und Fritzi schoben sich an den anderen vorbei. „Boah, ich kann kaum erwarten, dass es Samstag wird“, freute sich ein Mädchen.
Der Junge neben ihr jubelte: „Wisst ihr noch, letztes Jahr, dieser blubbernde Punsch?“
Das Mädchen kicherte. „Ja, der hat total gekribbelt!“, schwärmte sie.
Endlich hatten sich Alva und Fritzi zu Jonas, Mala und Lenni durchgekämpft. Till, immer noch klein, saß bei Jonas auf der Schulter.
Alva schob die Freunde ein Stück an den Rand des Platzes. „Lasst uns etwas weiter hier stehen“, schlug sie vor.
Lenni musterte sie unwillig. „Warum?“
Till nickte und meinte: „Glaubt ihr, es ist besser.“
Da hörten sie auch schon das wilde Schnauben. Schnell sprang Alva zur Seite. Dabei rutschte ihr der Gurt ihrer Umhängetasche von der Schulter. Die Tasche fiel auf den Boden. Alva versuchte, sie im Weglaufen noch zu fangen. Doch es war zu spät. Das Nashorn pflügte über den Platz und traf mit seinem gewaltigen Huf ihre Tasche. Alva schlug die Hände vors Gesicht und schrie: „NEIN!“

Die Wettläufer verschwanden hinter dem Schulgebäude. Als Alva ihre Tasche vom Boden hochhob, hörte sie darin Scherben klirren.
„Das darf doch nicht wahr sein“, jammerte sie und drehte ihre Tasche wie ein trauriges Windspiel hin und her. Nun musste sie Herrn Petrulla ein weiteres kaputtes Tablet beichten. Bedröppelt folgte sie den anderen ins Schulhaus.
Mala legte die Hand auf Alvas Schulter. „Eigentlich trifft dich da wirklich keine Schuld“, tröstete sie. Jonas nickte eifrig und Fritzi stimmte lachend zu. „Genau! Das war das Nashorn!“
Till bestätigte: „Beste Erklärung!“
Alva blinzelte ein paarmal, um die aufsteigenden Tränen in den Griff zu kriegen. Ihre Freunde hatten recht. Sie konnte wirklich nichts dafür. Das musste selbst Herr Petrulla einsehen.

Im Klassenzimmer setzte sie sich neben Jonas, der aus seinem Rucksack winzige Möbel für Till auspackte. Augenblicklich vergaß Alva ihr Tablet. Begeistert nahm sie einen kleinen Stuhl in die Hand. „Der ist neu, oder?“, fragte sie.
Till nickte, während er mit hochrotem Kopf versuchte,

einen wuchtigen Mini-Schreibtisch über den flauschigen Mini-Teppich zu schieben. Alva half ihm. „Wo hast du das alles eigentlich her?", erkundigte sie sich und stellte den Stuhl an den Tisch.

Till platzierte eine kleine Lampe darauf, die echt leuchten konnte. „Ach, das sammelt sich an. Einiges hat mir Jonas' Schwester aus ihrem Puppenhaus geliehen", erklärte er schulterzuckend.

„Psssst", zischte Jonas. Er holte ein kleines Sofa, eine Stehlampe und ein Regal aus seinem Rucksack. „Davon weiß sie doch nichts!" Er grinste und legte winzige Bücher auf den Teppich. Till räumte sie ins Regal.

Alva verteilte ein paar kleine Topfpflanzen. „Hättest du Wände, könnten wir noch Bilder aufhängen", bemerkte sie begeistert.

Herr Bommer betrat den Raum. „Guten Morgen", grüßte er zackig und musterte die Kinder streng. Als er vorne am Pult stand, fiel sein Blick auf Till, der es sich gerade auf dem Sofa gemütlich machte. „Kein Rumlümmeln! Du setzt dich wie alle anderen auf einen Stuhl. Und dieser restliche Schnickschnack verschwindet. Und zwar SOFORT!", befahl er.

Jonas schnaubte wütend, während er Tills kleines

Möbellager wieder in seinen Rucksack räumte. Herr Bommer ließ ihn nicht aus den Augen. „Damit das klar ist: In meinem Unterricht ist Unsinn absolut tabu“, erklärte der Lehrer barsch. „Und jetzt schaltet alle eure Tablets an, damit wir anfangen können.“

Da fiel Alva der Scherbenhaufen in ihrer Tasche wieder ein. Zaghaft hob sie den Finger. „Herr Bommer, mein Tablet funktioniert nicht so richtig“, meldete sie. Die Untertreibung des Jahrhunderts. Sie hörte Jonas neben sich unterdrückt lachen.

Herr Bommer musterte sie streng. „Was ist damit?“, bellte er lauter als notwendig.

Alva räusperte sich. „Es ist … es lässt sich … irgendwie nicht einschalten“, stammelte sie und spürte, wie sie rot wurde.

Der Lehrer wedelte ungeduldig mit der Hand. „Dann geh ins Sekretariat und klär das dort. Aber beeil dich!“, befahl er.

Erleichtert schnappte Alva ihre Tasche und verließ die Klasse.

Sie schlenderte in der Sonne rüber zu dem kleinen Schlösschen, in dem auch das Sekretariat lag.

Nachdenklich verlangsamte sie ihre Schritte. So froh sie

war, Herrn Bommers wahnsinnig langweiligem Unterricht entkommen zu sein … das, was jetzt kam, könnte richtig unschön werden. Immerhin war das ihr viertes kaputtes Tablet! Herr Petrulla würde wie ein wild gewordener Floh durch sein Büro toben. Bei der Vorstellung wurden Alvas Knie ganz weich. Sie setzte sich auf eine Bank und atmete tief durch. Am liebsten wäre sie einfach dort sitzen geblieben. Denn wenn Herr Petrulla erst einmal mit dem Schimpfen begonnen hatte, fand er so schnell kein Ende mehr. Vielleicht bekam sie dieses Mal wirklich eine der verrückten Strafen, die er ihr immer androhte.

KAPITEL 13

ZAUBEREI IM NEBEL?

„Alva?“, hörte sie auf einmal die Stimme von Direktor Franzen. Ertappt schaute sie auf. Ihr Onkel stand mit ein paar Schnellheftern unterm Arm direkt vor ihr.

„Hast du keinen Unterricht?“, fragte er sie.

Alva nickte langsam. Er musterte sie eindringlich. Dann setzte er sich zu ihr.

„Was machst du dann hier?“, wollte er wissen und legte die Schnellhefter neben sich. Alvas Augen weiteten sich vor Entsetzen. Auf dem obersten stand Tills Name. Wahrscheinlich waren die anderen von Fritzi und ihr.

Ihr Onkel ließ sie nicht aus den Augen. „Ja, das sind eure Akten“, bestätigte er.
Alvas Blick verfinsterte sich. Er hatte ihr doch versprochen, sich aus ihren Gedanken rauszuhalten.
Onkel Thomas nickte. „Aber nicht, wenn du wie ein Häufchen Elend hier rumsitzt“, rechtfertigte er sich.
Alva starrte weiter auf die Schnellhefter. „Hast du die wegen …?“ Sie dachte kurz nach. Welcher Tag war heute?
„Gestern?“, half Onkel Thomas weiter.
Alva runzelte ärgerlich die Stirn. Herr Petrulla hatte sie also dem Direktor gemeldet.
Onkel Thomas ließ sie nicht aus den Augen. „Das musste er machen“, erklärte er mit ruhiger Stimme.
Alva schnappte erbost nach Luft und wollte sich beschweren, dass er immer noch ihre Gedanken las. Doch Onkel Thomas kam ihr zuvor. „Dann rede mit mir!“, bat er sie eindringlich.
„Wir sind nicht ohne Erlaubnis ins Dorf gefahren“, rechtfertigte sich Alva aufgebracht.
Direktor Franzen verzog keine Miene. „Sondern?“, hakte er nach.
„Wir haben gefragt. Als wir zurückkamen, wusste nur niemand mehr davon. Da ist etwas im Nebel. Und mein

Tablet ist schon wieder kaputt. Da war ein Nashorn. Mir ist die Tasche von der Schulter gerutscht …", erzählte sie wild durcheinander.

Stirnrunzelnd hörte Onkel Thomas zu. Dann hob er schmunzelnd die Hand. „Stopp! Ist das alles EINE Geschichte?"

Alva hielt kurz inne. Sie schüttelte den Kopf. „Irgendetwas stimmt nicht mit dem Nebel", fing sie erneut an.

Direktor Franzen drehte sich zu ihr hin und legte den Ellbogen auf der Rückenlehne ab. „Wie kommst du darauf?", fragte er.

„Er schickt einen durch die Zeit", antwortete Alva. Sie musste kichern, als sie das total verblüffte Gesicht ihres Onkels sah.

„WAS?", hakte er verwirrt nach.

Alva erzählte von ihrer kleinen Zeitreise. Nachdem sie geendet hatte, musterte ihr Onkel sie eingehend.

„Zeitreise? Findest du nicht, das geht sehr in Richtung Zauberei und Magie?", wollte er wissen.

Alva nickte unsicher. „Schon", antwortete sie langsam. „Aber ein Talent kann es doch nicht sein, oder?"

„Wieso nicht? Mit Felix und Holly haben wir hier sogar zwei Zeit-Talentierte", sagte Onkel Thomas.

„Felix?“ Alva horchte auf. „Der Felix, der auch Fußball spielt?“
Der Direktor dachte kurz nach. „Ja, Felix spielt Fußball und Holly ist in der AG Garten“, zählte er auf.

„Könnte Felix oder Holly drei Menschen, die nicht auf der Insel sind, durch die Zeit schicken?“, erkundigte sich Alva aufgeregt.
Onkel Thomas zog erstaunt eine Augenbraue nach oben. „Nein! Auf keinen Fall. Ich habe noch nie einen Talentierten getroffen, der DAS konnte“, erklärte er bestimmt. Dann fragte er vorsichtig: „Und dass ihr vielleicht doch vergessen habt, euch abzumelden?“
Alva schüttelte den Kopf. „Wie sollen wir denn ohne Erlaubnis aufs Festland gekommen sein? Wir brauchen doch den Tagescode, um das Tor zu öffnen!“, sagte sie aufgeregt.
Onkel Thomas musterte sie überrascht. „Das ist ein gutes Argument“, gab er zu. Dann schaute er auf seine Armbanduhr. „Ich muss weiter“ sagte er, schnappte die Schnellhefter und stand auf. Sein Blick fiel auf Alvas Tasche. „Was ist jetzt mit deinem Tablet? Schon wieder kaputt?“, meinte er beiläufig.
„Mhmm“, brummte Alva und antwortete, als sie Direktor

Franzens fragendes Gesicht sah, mit einem deutlichen „Ja, deshalb bin ich ja hier". Beim Gedanken an den ausflippenden Schulsekretär krampfte sich ihr Magen wieder zusammen.
Der Direktor nickte ihr kurz zu. „Na, dann komm mal mit. Vielleicht können wir Herrn Petrulla zu zweit davon abhalten, dich vom Turm des Schlösschens zu schubsen", erklärte er augenzwinkernd.

Erleichtert verließ Alva das Sekretariat. Das Donnerwetter des Schulsekretärs war im Beisein des Direktors sehr verhalten gewesen. Mit ihrem neuen Tablet in der Tasche hüpfte sie die Treppe nach unten und verließ das Schlösschen. Auf dem Weg zum Schulgebäude wurde sie immer langsamer. Sie wollte nicht wieder zurück in den Unterricht. Herr Bommer konnte einem wirklich jedes noch so spannende Thema vermiesen. Im Schneckentempo ging sie weiter und war ziemlich erleichtert, als ihr die anderen entgegenkamen. Der Unterricht war zu Ende.
Jonas schüttelte ungläubig den Kopf. „Das war die mit Abstand schlimmste Stunde des Universums!", motzte er.
Alva nickte zustimmend. „Ich weiß", meinte sie.

Mala sah sie finster an. „Woher? Du warst doch gar nicht dabei!“, beschwerte sie sich. Und erst auf Fritzis und Tills Lachen hin fiel es ihr wieder ein.
„Stimmt! Ihr hattet diesen Blöd-terricht ja schon gestern!“, stellte Mala fest. Dann schaute sie Till vorwurfsvoll an und meinte: „Und warum hast du dann die Entfernung zur Sonne nicht gewusst? Mmmh?“ Ihre Stimme war streng und erinnerte sehr an Herrn Bommer.
Till hob die Hände und lachte. „Du kannst mich auch jetzt fragen. Ich weiß es wieder nicht!“
Jonas stimmte mies gelaunt zu: „Kein normaler Mensch kann sich diese beknackte Zahl merken!“
Kaum zu glauben, dass dieses Projekt sie noch die ganze Woche langweilen würde.

Beim Mittagessen überlegten sie gemeinsam, wie sie das Geheimnis des Nebels aufdecken könnten.
Till saß wieder auf seinem Salzstreuer an Jonas’ Teller. „Mala, Lenni und Jonas sollten es versuchen“, schlug er vor. Herr Petrulla würde Alva, Till und Fritzi heute ganz sicher nicht von der Insel lassen.
Jonas schüttelte sofort den Kopf. „Ich hab keine Zeit! Das Schulfest ist schon am Samstag“, antwortete er hektisch.

Mala lachte kurz auf. „Dann solltest du auf jeden Fall durch den Nebel fahren. Das gibt Extrazeit für dich", erklärte sie.
Jonas öffnete den Mund, um etwas zu erwidern, als Till auf einmal wieder normal groß wurde. Verdattert saß er mitten auf dem Tisch. Ein paar Kinder am Nachbartisch kicherten. Mit hochrotem Kopf kletterte Till vom Tisch runter. „Hauptsache, ihr habt Spaß!", brummte er und ließ sich auf einen Stuhl fallen.
Jonas kramte Tills Jo-Jo aus der Hosentasche und reichte es seinem Freund. „Mach dir nichts draus. Schau mich an!", tröstete er ihn und schüttelte sein kribbelbuntes Feder-Haar.
Lenni klopfte ungeduldig mit der Gabel auf ihren Teller. „Also, Mala und ich fahren nachher aufs Festland?", wollte sie wissen.
Alva dachte kurz nach und schlug dann vor: „Können wir vielleicht filmen, wie ihr Herrn Petrulla fragt? Dann hätten wir einen Beweis."
Jonas hob überrascht den Kopf. „Traust du dich, die Kamera zu halten?", fragte er lauernd.
Alva malte sich kurz Herrn Petrullas Reaktion aus, wenn sie im Sekretariat filmen würden. „Blöde Idee", sagte sie.

Till fing sein Jo-Jo auf und schüttelte den Kopf. „Nee, das würde auch nicht funktionieren. Wir hätten keinen Beweis, weil man durch den Nebel ja rückwärts in der Zeit reist. Also … dorthin, wo es den Film … nicht geben würde“, erklärte er nachdenklich.
Jonas fuhr sich mit beiden Händen durch das Feder-Haar. „Mann, Mann, Mann, wie schlimm ist es, dass ich keinen Schimmer habe, wovon du redest?“

KAPITEL 14

REGEN MAL BUNT

Der Plan klappte wie am Schnürchen. Mala und Lenni bekamen von Herrn Petrulla die Genehmigung, die Insel zu verlassen. Sie hatten es zwar nicht gefilmt, aber Mala bat um eine schriftliche Bestätigung für den Ausflug. Herr Petrulla flippte fast aus, so begeistert war er von Malas Pflichtbewusstsein. Freudig stellte er ihr eine entsprechende Bescheinigung aus und knallte sogar noch zwei Stempel drauf.

Gespannt machten sich die beiden auf den Weg in Richtung Festland.

Alva, Till und Jonas blieb nichts anderes übrig, als zu warten. Alva beschloss, ein bisschen zu lesen. Sie legte sich mit ihrem Buch auf die Wiese hinter dem Wohnheim. Eine vorwitzige Ameise krabbelte über die Seiten und motzte die Schrift an:

„Hey, ihr unhaarigen schwarzen Raupen, ihr riecht echt schlecht!"

Grinsend pustete Alva die Ameise aus dem Buch in die Wiese zurück. Inzwischen konnte sie die Tiere, die zwischen den Grashalmen rumwuselten, ganz gut ausblenden, es sei denn, sie liefen laut krakeelend durch ihre Geschichte.

Ein Schatten fiel auf Alva. Sie drehte sich auf den Rücken. Es war Till und er zeigte verwirrt zum Hügel.

„Spinn ich oder regnet dort hinten Farbe von unten nach oben?", fragte er verwundert.

Alva rappelte sich hoch und schaute in die Richtung. „Ich seh nur bunte Bäume", meldete sie. Doch dann ... Ja! Eine rote Farbfontäne schoss in den Himmel.

Alva klappte ihr Buch zu. „Lass uns das mal genauer ansehen", schlug sie vor und stand auf.

Schon von Weitem sahen sie Jonas und Lotte bei den bunt eingefärbten Bäumen stehen.

„Oh, das wird bestimmt witzig", jubelte Alva.
Till warf ihr einen kurzen Seitenblick zu. „Ich denke eher, dass Jonas ausflippt, wenn wir seine hochgeheimen Vorbereitungen stören", mutmaßte er.
Doch als sie bei den Bäumen ankamen, grüßten Lotte und Jonas die beiden nur lachend. Sie waren über und über mit Farbe bedeckt.
„Was macht ihr hier?", fragte Alva.
Jonas fuhr sich durch sein bunt verschmiertes Gesicht. „Äääähm, das kann man schlecht erklären", antwortete er grinsend und drehte sich zur ebenfalls bunten Lotte. „Wollen wir es ihnen zeigen?", fragte er.
Sie nickte nur und legte beide Hände auf einen der Baumstämme.
Jonas feuerte sie aufgeregt an: „Und jetzt: GIB ALLES!"
Lotte schloss die Augen, um sich besser konzentrieren zu können. Sekunden später sprühten bunte Funken aus der Baumkrone. Zuerst waren es nur ein paar. Doch dann steigerte sich die Fontäne zu einem richtigen Feuerwerk. Es war, als stünde man im Inneren eines Regenbogens.
„Jaaa!", rief Jonas und riss beide Arme nach oben. „Genau so hab ich mir das vorgestellt! Super, Lotte!", jubelte er strahlend und begann, im Regen der Farben zu tanzen.

ÜBER
FLIEGER

Es war ansteckend. Alva konnte nicht anders. Sie streckte ebenfalls die Hände aus und drehte sich um die eigene Achse. Till summte vor sich hin und wippte durch die bunte Luft. Jonas klatschte im Rhythmus von Tills Lied. Alva erkannte die Melodie und pfiff mit.

Dann hörte das Sprühen auf.

Alva betrachtete ihre bunt schillernde Haut. „Das war … gigantisch", japste sie strahlend.

Jonas nickte lachend. „Wir brauchen unbedingt noch Musik", sagte er mehr zu sich selbst als zu den anderen und fischte sein kleines Blöckchen aus der Hosentasche.

Sie gingen gemeinsam aus dem Wald und am Schloss vorbei. Alva zeigte auf die Farbspuren, die sie auf dem Weg hinterließen. „Und wir brauchen einen Swimmingpool", schlug sie lachend vor.

Till wischte sich mit dem Unterarm die Farbe von den Augen. „Wenn du einen Pool willst, dort steht einer."

Alva schüttelte den Kopf. „Quatsch, das ist ein Springbrunnen!", erklärte sie kopfschüttelnd.

Doch Till behauptete: „Wasser ist Wasser!" Er rannte in Richtung Brunnen.

Lotte schaute ihm überrascht hinterher. „Macht der das jetzt wirklich?"

„Das weiß man bei ihm nie so genau", antwortete Alva und beobachtete, wie Till schnell nach links und rechts guckte. Und hopp, schon war er drin im Wasser.
Jonas schmiss sich fast weg vor Lachen und applaudierte johlend. Mit wildem Geplansche versuchte Till, in dem nur knietiefen Becken zu schwimmen. Es spritzte zu allen Seiten. Dann, schwuppdiwupp, war er auch schon wieder draußen. Das Wasser im Springbrunnen schillerte in allen Farben des Regenbogens. Alva wunderte sich, warum die Farben nicht zu einer grauen Brühe wurden.
Till kam über die Wiese zu ihnen zurückgerannt. Er schüttelte seinen Kopf, sodass sein Haar wie Igelstacheln in alle Richtungen abstand.
Lotte musterte ihn grinsend. „Und dann wird es wieder den Färbern in die Schuhe geschoben", beklagte sie sich augenzwinkernd.
Till sah zum bunten Wasser des Springbrunnens. „Und alle müssen zugeben, dass es so viel besser aussieht", bemerkte er, legte den Kopf schief und hüpfte auf einem Bein, um das Wasser aus seinem Ohr zu bekommen.
Lotte grinste und verabschiedete sich.
Plötzlich zeigte Till in Richtung Bootshaus. „Schaut mal! Mala und Lenni sind wieder da!", meldete er überrascht.

Alva beobachtete mit gerunzelter Stirn, wie Mala und Lenni näher kamen. „Sollten wir euch nicht zu einem anderen Zeitpunkt an einem anderen Ort treffen?", fragte sie enttäuscht.

„Hääääa?", brummte Jonas.

Während Mala Prickelbrause-Lollis verteilte, erklärte sie: „Wären wir im Nebel vorhin durch die Zeit gereist, würdet ihr uns nicht jetzt und hier treffen!"

Jonas schüttelte genervt den Kopf. „Bin ich eigentlich der Einzige, der dieses Zeiten-Wirrwarr total unübersichtlich findet?", stöhnte er.

Lenni packte ihren Lolli aus. „Nö, ich bin auch maximal verwirrt und echt froh, dass der Nebel uns nicht durch die Zeit geschickt hat", gab sie zu.

Alva schüttelte ungläubig ihren Kopf. „Und auch auf dem Festland war alles wie immer?", fragte sie.

Mala nahm ihren Lolli aus dem Mund. „Ja, nur die Kirchturmuhr ist kaputt und ging eine Stunde vor", sagte sie.

Till machte eine wegwerfende Handbewegung. „Ach, die hat schon bei uns rumgesponnen", sagte er.

Alva betrachtete den Nebel. „Warum hat das gestern dann funktioniert?", fragte sie nachdenklich.

Mala zuckte mit den Schultern. „Keine Ahnung, was da los war. Heute ist der Nebel einfach nur eine dicke Suppe aus Luft mit Wasser."
Alva kratzte sich am Hinterkopf. „Und was machen wir jetzt? Probieren wir es einfach weiter?", fragte sie.
Jonas lachte bitter auf. „Und reisen dabei immer weiter durch die Zeit am Schulfest vorbei?", hakte er nach.
Till korrigierte leise: „Vom Schulfest weg."
Jonas warf ihm einen stinkigen Blick zu und brummte: „Wohin auch immer!"
Alle versanken in brütendem Schweigen, bis Lenni Till musterte und fragte: „Warum bist du eigentlich so nass?"
Till riss verdutzt beide Arme in die Luft. „DAS wundert dich?", rief er lachend und zeigte auf Alva und Jonas. „Aber dass die beiden wie Farbkästen aussehen, findest du nicht komisch?", fragte er mit hochgezogener Augenbraue.
Alva schaute ihre Arme an. „Wenn es trocknet, juckt es aber ganz schön", bemerkte sie und popelte die ersten getrockneten Farbstückchen von ihrem Unterarm.
Mala hob unmerklich die Hände. „Warte", meinte sie. „Da kann ich helfen!"
Eine Wolke bildete sich über den Kindern. Sie wurde größer und größer. Schon fielen die ersten dicken Tropfen.

Alva streckte die Hand aus. Es war ein warmer Sommerregen. Sie stellte sich darunter. Jonas flitzte durch das prasselnde Wasser. Die Wolke wurde größer und dunkler. Das Wasser klatschte auf die Kinder. Bunte Bäche aus Farbe rannen an ihnen herab. Auch Till und Lenni hüpften durch die Tropfen. Alva horchte auf.

Zzzz …

Zischte da etwa ein Blitz? „Hey Mala, bitte ohne Gewitter“, rief sie ihrer Freundin zu.
Mala wedelte abwehrend mit beiden Händen. „Das bin ich nicht!“, verteidigte sie sich.
Alva schaute hoch zum Himmel. Er war strahlend blau. Doch dann hörte sie das zischende Geräusch wieder.

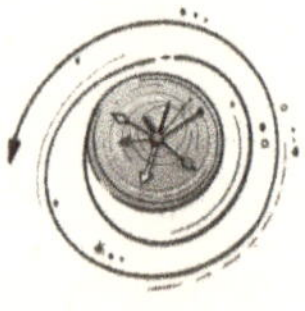

Zzzzzzzzzzzzzzzzzzzzap
Zzzzzzzzzzzzap

KAPITEL 15

VORSICHT, ERDNUSS VON OBEN!

Alva schob das große Tor am Stallgebäude zu. Nach der Aufregung beim Fußballspiel war sie für ihr Talenttraining total spät dran gewesen. Hoffentlich ging es Sabita gut und sie hatte sich nicht zu sehr verletzt. Der arme Felix, er hatte so geknickt gewirkt.

Sie machte sich auf den Weg zum Abendessen. Atmete tief die Abendluft ein, die richtig nach Sommer roch. Für einen kurzen Moment hielt sie irritiert inne. Es kam ihr vor, als hätte sie genau diesen Moment exakt so schon einmal erlebt. Doch bevor sie den Eindruck ergründen konnte, zerfiel er in nicht greifbare Einzelteile.

Alva ging weiter. Drüben bei den Kaninchenställen entdeckte sie Fritzi. Mit einer Schale in der Hand suchte sie etwas in den Büschen. Alva grinste vor sich hin. Wurde der inzwischen wirklich große Igel etwa immer noch von ihr gefüttert?

Zuerst wollte Alva Fritzi rufen und fragen, ob sie mit zum Abendessen kam. Aber vielleicht würde ihre Mitbewohnerin sich ertappt fühlen. Deshalb entschied sich Alva um.

Mit großem Geflatter landete Rodrigo neben ihr.

„Don Rodrigo", grüßte Alva die Krähe im Vorbeigehen. Alva hatte ihn seit ihrer schriftlichen Entschuldigung für ein wirklich lächerliches Vergehen nicht mehr gesehen.

„Echt jetzt? Schon wieder?", fragte der Vogel genervt, hob ab und flog in Richtung Festland. Kopfschüttelnd sah Alva ihm nach. Offenbar war er immer noch stinkig.

Sie bog auf den Hauptweg zur Mensa ein. Direkt bei der Turnhalle sah sie eine bunt schillernde Blase aufsteigen. Sie war riesengroß und … Alva kniff ungläubig die Augen zusammen. Darin stand ein Mensch mit bunten Federn auf

dem Kopf. Das konnte doch nur Jonas sein, der da über das Flachdach der Turnhalle trudelte. Alva schüttelte überrascht den Kopf. Auch eine Art, fliegen zu lernen.
Die Blase sank gefährlich weit ab, wehte wieder ein Stück nach oben, sackte erneut ab, landete auf dem Dach und platzte. Jonas tobte wie ein Rumpelstilzchen und rief jemandem, der unten stehen musste, etwas zu. Dabei wirkte er gar nicht glücklich.
Alva wollte gerade weitergehen, als plötzlich etwas von oben direkt vor ihre Füße fiel. Erschrocken sprang sie zurück und schaute hoch. Über ihr kreiste Rodrigo. Hatte er sie gerade beworfen?
„Hast du einen Knall?", rief Alva ihm wütend zu.
Die Krähe flog auf sie zu und landete direkt vor ihren Füßen neben seinem Wurfgeschoss. ***„So geht's nicht weiter. Ich kündige"***, schnauzte er.
„Du kündigst? Was für einen Job hast du denn?", erkundigte sich Alva neugierig.
„Hier! Lies es", kommandierte Rodrigo und pickte auf eine kleine Plastikkapsel am Boden.
Alva hob das Ding verdattert auf. Es war nicht größer als eine Erdnuss, hatte aber eine Öse, durch die eine Schlaufe gefädelt war. Alva zog daran. Nichts passierte.

„Du musst es aufschrauben“, murrte Rodrigo ungeduldig. Es klang, als würde er dabei die Augen verdrehen.
Alva drehte die beiden Teile der kleinen Kapsel vorsichtig gegeneinander. Sie öffnete sie und entdeckte ein winziges, zusammengerolltes Fitzelchen Papier.
„Was ist das denn?“, fragte Alva, während sie es aufrollte.
„Lies es einfach“, wiederholte Rodrigo, und Alva war sich sicher: Wenn der Vogel könnte, würde er jetzt gern genervt stöhnen. Stattdessen schüttelte er nur seinen Kopf und murmelte: *„Zäher als ein getrockneter Regenwurm!“*
Alva schaute auf den Zettel. Ihre Augen weiteten sich vor Überraschung. Das konnte doch nicht sein! Sie blinzelte mehrmals, doch es veränderte sich nicht.
„Die Schrift …“, stammelte sie leise, warf Rodrigo einen kurzen Blick zu und starrte wieder auf den winzigen Zettel.
Nein, kein Zweifel. Es war zwar total klein hingekritzelt, aber das war ganz sicher ihre eigene Schrift. Wie kam die auf diesen Papierschnipsel? Alva hatte weder die Kapsel noch diese Nachricht je gesehen.
„Ja, Überraschung, du hast das selbst geschrieben! Jetzt lies es ENDLICH“, schnarrte die Krähe.
Alva bemühte sich, das kleine Gekritzel zu entziffern.

Wir erleben die gleichen Stunden und Tage ständig wieder. Immer, wenn die Zeit sich verschiebt, vergessen wir ALLES.

„Wie? Das war's? Ich versteh kein Wort", beschwerte sich Alva und drehte verwundert den Zettel um. Dort stand noch etwas. Man erkannte es fast nicht mehr.

Vorher ist nachher ist früher ist nun / Nur wer das weiß, bleibt auch immun / Der gemächliche Fluss, zum Strudel wird er / Der Weg aus dem Sog ist etwas verquer / Die Lösung so einfach und doch so versteckt: / Findet, wer sich nach Vergebung reckt

„Vorher ist nachher …", entzifferte Alva nach und nach. Als sie fertig war, hob sie den Kopf. „Ist das ein Gedicht von der Infotafel?", fragte sie Rodrigo.

„Ich bin nur der Bote, keine Ahnung, was da steht", erklärte er.

Alva kniff ein Auge zu und linste in die Kapsel, ob es vielleicht noch mehr Nachrichten gab. „War das alles?", erkundigte sie sich.

„Was erwartest du? Einen Roman? Ich bin doch keine Lastenkrähe!“, beschwerte sich Rodrigo.
„Du hast mir das schon öfter gegeben?“, fragte Alva.
„Es ist soooo ermüdend! Wir hatten diese Unterhaltung sicher schon tausend Mal“, murrte Rodrigo, während er zum Rand der Wiese und wieder zurück stolzierte.
Alva dachte kurze nach. Tausend Mal? Das konnte nicht sein. „Und jetzt ehrlich: Wie lange geht das schon so?“, hakte sie streng nach.
„Na ja, so zwei, drei Mal sicher“, gab er zu und guckte hektisch nach rechts und links.
„Und wie geht das jetzt weiter?“, wollte Alva wissen.
„Du packst das Ding wieder zusammen, ich fliege rüber zum Festland! Dort lebe ich nämlich gerade“, erklärte Rodrigo und klang dabei ziemlich ungehalten.
„Was? Wieso lebst du auf dem Festland?“, wunderte sich Alva. Sie rollte brav das Zettelchen zusammen und packte es zurück in die kleine Kapsel.
„Ich kann dir gar nicht sagen, wie nervig dieses ständige Vergessen ist“, schnarrte Rodrigo, erzählte aber weiter: *„Hier auf der Insel ist die Zeit seltsam. Auf dem Festland ist sie normal. Während ihr euch hier in totaler Ahnungslosigkeit suhlt, sitze ich auf dem Festland, fliege*

alle paar Stunden her und prüfe, ob ihr schon wieder alles vergessen habt!"

„Das ist aber sehr nett von dir", lobte Alva ihn.

„Nein, nicht nett! Wir haben einen Deal", erinnerte er sie.

Alva verzog das Gesicht. „Ich hab dir was versprochen?"

Echt blöd, denn Rodrigo konnte jetzt alles behaupten. Sie hatte keine Ahnung von ihrer Abmachung.

„Du hilfst mir bei meinem Schneckenproblem", sagte Rodrigo und schaute sich lauernd nach allen Seiten um. Hatte er echt Angst, von einer Horde wild gewordener Kriechtiere angefallen zu werden?

„Was für ein Schneckenproblem hast du denn?", fragte Alva misstrauisch.

„Die finden mich alle großartig – bin ich ja auch –, aber sie nerven! Du wolltest dich darum kümmern! Rede mit ihnen", verlangte die Krähe.

„Ich kann doch gar nicht mit Tieren sprechen", widersprach Alva und legte die Kapsel vor Rodrigo auf den Boden.

„Dann tanz es ihnen vor! Mir egal! Nur mach ihnen klar, dass wir nicht befreundet sind. Verstanden?!", krächzte die Krähe und schnappte sich die Schlaufe der Plastikkapsel.

„Ung ge-eil gich mal, ig habs so sagg, auf den Fesklank zu chonen“, nuschelte er, schlug ein paarmal mit den Flügeln und hob ab.
Alva sah ihm nach, wie er rüber zum Festland flog. Als die Krähe aus ihrem Blickfeld verschwunden war, schüttelte sie verwundert den Kopf. Verrückt! Sie vergaßen ganze Tage? Das war ja unglaublich! Was passierte hier mit ihnen? Das musste sie sofort den anderen erzählen!

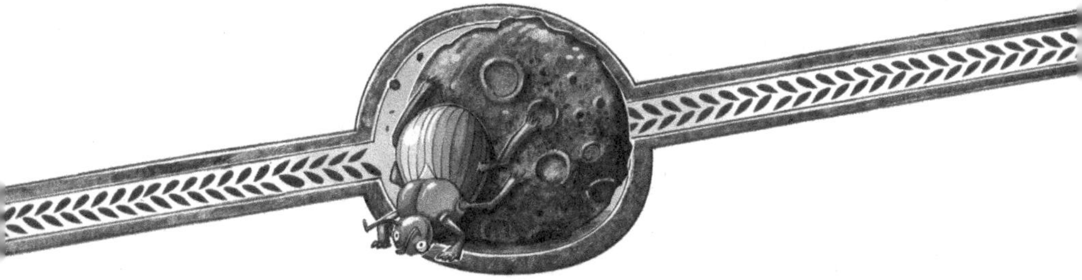

KAPITEL 16

MISTKÄFER AUS DEM ALL

Alva spurtete rüber zu den Kaninchenställen. „Du glaubst nicht, was ich gerade erfahren habe“, japste sie, als sie atemlos dort ankam.

Fritzi, die unter einen Busch linste, richtete sich auf. „Hat ein Baum zu dir gesprochen?“, fragte sie eher gelangweilt. Dabei versuchte sie unauffällig, mit ihrer Schuhspitze eine kleine Futterschale weiter unter die Äste zu schieben.

Alva schüttelte den Kopf. „Nein, besser“, widersprach sie und erklärte: „Anscheinend hüpfen wir in der Zeit rum und erleben Dinge immer wieder.“

Fritzi nickte unbeeindruckt. „Verflixt noch mal! Ich hatte schon so eine Ahnung“, machte sie sich über Alva lustig, ohne eine Miene zu verziehen.
Alva wedelte hektisch mit den Händen. Sie sollten hier nicht rumdiskutieren. Jeden Moment könnte die Zeitschleife wieder zuschlagen. „Komm, wir müssen es den anderen erzählen. Du kannst mich ja auf dem Weg weiter verspotten“, schlug sie vor und ging ein paar Schritte.
Fritzi blieb aber stehen und schaute sich unsicher um. Alva trat ruhelos von einem Fuß auf den anderen. Da hörte sie auf einmal eine jammernde Stimme:

„Ich bin hier! Warum stellt sie mein Essen sooo weit weg?“

Alva entdeckte Fridolin, Fritzis Findel-Igel, ein Stück weiter im Dickicht. Seine blauen Stacheln blitzten immer wieder zwischen den Blättern auf. Alva selbst hatte sie ihm verpasst, bevor sie ihn ausgewildert hatten. Was in seinem Fall offenbar bedeutete, dass er nicht mehr im Stall, sondern draußen gefüttert wurde. Fritzi konnte es einfach nicht lassen.
„Fridolin sitzt dort drüben und findet es unglaublich, dass sein Futter nicht direkt vor ihm steht“, informierte sie ihre

Mitbewohnerin, die mit rotem Kopf die Schale hochhob und sie ein Stück weiter trug.
Alva hüpfte mehrmals auf der Stelle. „Und jetzt beeil dich", trieb sie Fritzi an.
Als sie nebeneinander den Weg entlanghetzten, fragte Alva: „Bekommt er sein Futter von dir auch vorgekaut oder macht er das wenigstens selbst?"
Fritzi murrte etwas Unverständliches, bevor sie spöttisch fragte: „Also Zeitsprünge? Kam da ein Meteorit aus dem All geflogen? Und darauf saß ein Mistkäfer, der dir das erzählt hat?"
Alva schüttelte den Kopf. „Nein, es war eine schlecht gelaunte Krähe ganz ohne Weltraum-Gestein", antwortete sie, als sie zur Turnhalle abbogen.
Erleichtert stellte sie fest, dass Jonas auf festem Boden dahinter stand. Amelie war bei ihm. Sie hatte die große Blase hergestellt, in der er gerade rumgeflogen war. Jonas redete wild und mit großen Gesten auf sie ein.
Dazwischen notierte er immer wieder etwas auf seinem kleinen Block.
Neben Alva kicherte Fritzi auf einmal los. „Wenn er sich weiter so aufregt, wachsen ihm bald Pfauenfedern aus dem Kopf", gluckste sie.

Als Jonas die beiden kommen sah, verabschiedete er sich schnell von Amelie und kam ihnen entgegen.
Alva grinste ihn an. „Na, Probleme im Luftraum gehabt?"
Jonas schüttelte den Kopf. „Nö, nö, alles bestens!", behauptete er und steckte sein kleines Blöckchen mit dem Stummelbleistift in die Hosentasche.
Alva erzählte von Rodrigo, der kleinen Kapsel und der Nachricht. Fritzi und Jonas hörten mit großen Augen zu.
Als Alva geendet hatte, fragte Jonas: „Zeitsprünge? Echt jetzt?"
Alva nickte. „Und anscheinend haben wir auch ein Gedicht", berichtete sie aufgeregt.
Jonas öffnete den Mund, als wollte er etwas sagen, klappte ihn aber wieder zu und schwieg.
Alva musterte ihn misstrauisch. „Glaubst du mir etwa nicht?", erkundigte sie sich aufgebracht.
Er schüttelte heftig den Kopf und beschwichtigte sie: „Nein, nein! Natürlich glaub ich dir. Ich denke nur über ein besseres Warnsystem nach."
Fritzi räusperte sich gekünstelt. „Warum denn das?", hakte sie sauer nach.
„Hey …", verteidigte sich Jonas, „… nichts gegen Rodrigo, aber … er ist Rodrigo."

Alva verstand genau, was er meinte. „Ja, er ist launisch und unberechenbar“, gab sie zu.
„Also“, regte sich Fritzi auf, „das ist voll gemein. Er hilft uns doch gerade.“ Nicht viel, und sie hätte mit dem Fuß aufgestampft.
Diese Tierliebe machte sie wirklich ein bisschen blind, fand Alva. „Dir ist aber schon klar, dass er uns in einem total langweiligen Tag festsitzen lassen kann, wenn er keinen Bock mehr hat?“
„Rodrigo?“, rief Fritzi fassungslos. „Nein! Niemals!“ Sie wirkte davon tatsächlich überzeugt. Dann kicherte Fritzi leise vor sich hin. „So langweilig ist der Tag doch nicht. Wir haben beim Fußball gewonnen!“, freute sie sich.
Jonas musterte sie extrem gelangweilt. „Ist es das wirklich wert?“, seufzte er und schnappte auf einmal nach Luft.
„Oh, nein!“, stöhnte er und fuhr sich hektisch durch sein Feder-Haar. Sein Blick wanderte unruhig zwischen den Mädchen hin und her.
„Was ist denn los?“, wollte Alva wissen.
Jonas schüttelte nur den Kopf. „Das Schulfest“, flüsterte er.
Fritzi hob beide Hände. „Ja, das ist nächsten Samstag. Alles gut“, redete sie beruhigend auf Jonas ein, der weiter vor sich hin jammerte.

„Nichts ist gut! Was passiert mit unseren ganzen Vorbereitungen, wenn wir ständig alles vergessen?“, klagte er.
Alva verstand, was er meinte, hatte aber keine Ahnung, wie sie ihn trösten sollten. Außerdem würde vielleicht gleich die Zeit wieder springen. Und wer konnte schon sagen, wann Rodrigo sie dann finden würde?
„Kommt, lasst uns mal schnell die anderen suchen, solange wir noch wissen, was wir ihnen erzählen wollen“, schlug sie vor.
Auf dem Weg zur Mensa trafen sie Till. Alva erzählte von den Zeitsprüngen, begleitet von Jonas’ Wehklagen über das Schulfest.
Till ließ im Gehen sein Jo-Jo kreisen und hörte zu. „Boah, Zeitsprünge! Wie cool ist das denn?“, jubelte er.
Jonas stieß ihn mit dem Ellbogen. „Nein, gar nicht cool! Schon vergessen, Schulfest?“, regte er sich auf.
Till stolperte einen Schritt zur Seite. „Hey, fahr die Systeme runter! Ihr könnt euch doch seit Tagen die tollsten Sachen überlegen …“, beschwerte er sich bei Jonas.
Der schnaubte sauer. „Super, aber wir vergessen es auch alles wieder!“, brummte er und schlug sich mit der flachen

Hand gegen die Stirn. „Oh nein, das darf doch nicht wahr sein. Am Samstag …“, jammerte er wieder los.
Till sah Alva fragend an. „Sind wir schon in einer Zeitschleife?“, fragte er grinsend.
Alva klopfte Jonas tröstend auf die Schulter. „Ja, wir wissen es, am Samstag ist das Schulfest.“
Jonas ließ sich aber nicht beruhigen. „Nein! Ja! Am Samstag ist das Schulfest. Und am Vormittag werden … wird … soll etwas geliefert werden“, erklärte er.
Alva verstand seine Befürchtung. „Und weil wir uns hier schon seit Tagen im Kreis drehen, glaubst du, auf dem Festland ist bald Samstag und Herr Petrulla lässt die Lieferung nicht auf die Insel?“, hakte sie nach.
Jonas nickte unglücklich. „Oder es war sogar schon Samstag und wir haben es verpasst“, unkte er unglücklich.
Till ließ sein Jo-Jo neben sich hoch- und runtersausen. „Was wird denn geliefert?“, fragte er beiläufig.
Jonas holte Luft, dann hielt er plötzlich inne und musterte seinen Freund herausfordernd. „Etwas“, antwortete er streng.
Till zuckte unbeeindruckt mit den Schultern und ging weiter. Jonas holte ihn ein. „Wow! Fast hättest du mich gehabt“, gab er anerkennend zu.

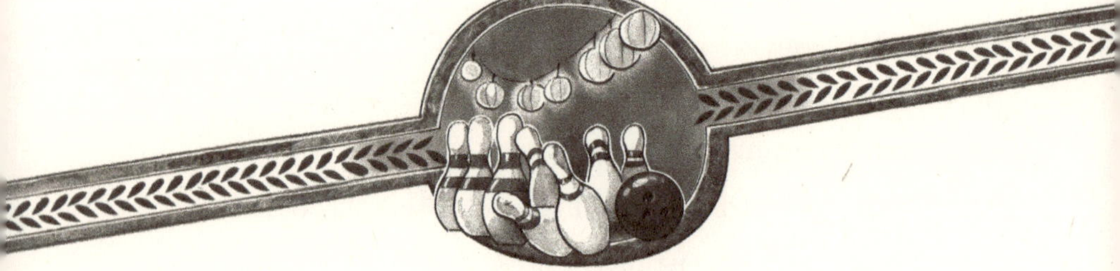

KAPITEL 17

ÜBERROLLT UND RAUSGEKEGELT

Als sie durch die Eingangshalle gingen, hob Jonas schnüffelnd die Nase und brummte enttäuscht: „Echt jetzt? Kartoffeln! Die hängen mir irgendwie zum Hals raus!“

Alva grinste. „Wahrscheinlich essen wir die auch schon seit Tagen“, überlegte sie laut.

Als sie im Speisesaal an einer riesigen Auflaufform vorbeigingen, bemerkte Till: „Ups! Da ist Niklas wohl ein kleines Missgeschick passiert.“

Fritzi zeigte auf eine Wasserlache am Grund der Ofenform. „Sind die da drin geschwommen?“, wunderte sie sich kichernd.

Sie holten sich an der Theke ihr Essen. Dann setzten sie sich zu Mala. Sie berichtete aufgeregt von Theo, der sich in einen Hai verwandelt hatte. Am Ende der Geschichte breitete sich ein wissendes Lächeln über ihr Gesicht aus.

„Ich habe etwas entdeckt“, begann sie geheimnisvoll.

Jonas, der übellaunig seine Kartoffel musterte, meinte nur: „Dass wir ein neues Gedicht haben? Wissen wir.“

Malas Lächeln verschwand. „Ihr habt es auch gesehen?“, stellte sie enttäuscht fest.

Alva wiegte nachdenklich den Kopf. „Ja und nein.“

„Was jetzt?“, hakte Mala nach.

Im Wechsel erzählten die anderen, was passiert war.

Mala fragte Jonas: „Wieso kannst du in Blasen rumfliegen?“

Stöhnend warf Alva den Kopf in den Nacken und erinnerte die Freundin: „Zeitsprünge, Mala! ZEITSPRÜNGE! Darum geht es hier. Und um das Gedicht! Was weißt du noch davon?“

Mala hielt ihren Arm hoch. Ein grün glitzerndes Gekrakel schmückte ihre Haut. „Schaut mal, ich hab’s sogar aufgeschrieben!", berichtete sie strahlend. Dann fügte sie leise hinzu: „Zumindest einen Teil. Dann war es wieder weg!" Sie begann stockend zu entziffern: *„Vorher ist … nachher ist … früher ist … nun. Nur wer das weiß …"*

Till, der ohne großen Appetit in seinen Kartoffeln rumpickte, sprang ein. *„… bleibt auch immun. Der … gemächliche Fluss, zum Strudel wird er. Der … der …"*

Abwechselnd konnten sie so das ganze Gedicht aufsagen. Sprachlos schauten sie sich an. Mala unterbrach die schon fast unheimliche Stille. „Wir ALLE kennen das Gedicht auswendig?", wunderte sie sich leise.

Fritzi vermutete unsicher: „Wahrscheinlich haben wir es schon so oft gelesen und aufgeschrieben."

Till schüttelte entschlossen den Kopf. „Sag das nicht! Das würde ja bedeuten, wir machen das schon … Tage?"

Alva runzelte nachdenklich die Stirn. „Oder sogar Wochen?", fügte sie gedankenverloren hinzu.

Jonas fuhr alarmiert auf. „Oh nein, das Schulfest", jammerte er.

Fritzi musterte ihn mitleidig. „Das ist auf dem Festland vielleicht schon vorbei", meinte sie und klopfte ihm tröstend auf den Rücken.

Jonas richtete sich auf. „Aber nicht bei uns auf der Insel.

HIER kommen wir ja ganz offensichtlich NIE zum Samstag", regte er sich auf.
Mala schob lustlos ihr Essen über den Teller. „Nicht nur wegen des Schulfests …", sie ignorierte den bösen Blick, den Jonas ihr zuwarf, „… sollten wir dringend rausfinden, was da los ist."
Till ließ sein Jo-Jo neben sich hoch- und runtersausen. „Fluss … Strudel … Sog … All das zieht einen rein", zählte er nachdenklich auf.
„Es geht um Zeit! Das wissen wir doch", sagte Jonas ungeduldig.
Dann fing Till plötzlich sein Jo-Jo auf. „Warum haben wir eigentlich die Zeitrüttler noch nie gefragt? Oder haben wir das schon?"
Alva dachte kurz nach. „Kinder mit Zeittalent? Du glaubst, die können … so was?"
Jonas wurde aufmerksam. „Vielleicht?", mutmaßte er, während er sich im Speisesaal umschaute. Dann sagte er: „Ich krieg mal raus, wo die beiden gerade stecken", und spurtete los.
Alva sah ihm zweifelnd hinterher. „Aber wir wüssten doch, wenn sie Menschen durch die Zeit schicken könnten, oder?"

Mala sah ebenfalls nicht so überzeugt aus. Sie wollte gerade etwas sagen, als es auf einmal so klang, als würde ein Jumbojet durchstarten. Alle Kinder schauten sich überrascht um. Die Flugzeugturbine wurde so laut, dass manche sich die Ohren zuhielten. Dann war es auf einen Schlag wieder still. Wilma, das Mädchen, das alle Geräusche täuschend echt nachmachen konnte, stand mit hochrotem Kopf an der Essensausgabe. „Entschuldigung! Das war ich“, piepste sie und schien noch röter zu werden. Sie bückte sich, um einen Teller, der ihr runtergefallen war, aufzuheben. Ein Junge und Frau Sanders, die Köchin, eilten ihr zu Hilfe.

Alva rieb sich die Ohrmuscheln. „Wow, das war laut!“

Till zuckte mit den Schultern und meinte nur: „Das passiert eben, wenn man sich erschreckt!“

Da kam Jonas angeflitzt und meldete: „Kommt mit. Ich weiß, wo Holly steckt.“

Schnell räumten sie ihr Geschirr ab und verließen die Mensa. Jonas führte sie rüber zum Bootshaus. Auf einer Wiese dahinter leuchteten Lampionketten, die zwischen die Bäume gespannt waren. Noch konnte man alles gut ohne Licht erkennen, doch bald würden sie die beginnende Abenddämmerung erhellen. Im Gras

zwischen den Bäumen lagen Strohballen in mehreren langen Linien aufgereiht. Grüppchen von Kindern standen dazwischen. Merkwürdig rollende Geräusche mischten sich mit hölzernem Scheppern.
Als Alva die Jubelschreie einiger Kinder hörte, wusste sie auf einmal, was dort gespielt wurde.
„Es gibt hier Kegelbahnen?", fragte sie begeistert.
Jonas schnappte sich eine der Kisten mit Holzkegeln, die direkt vor dem Bootshaus standen. „Ja, wenn Herr Harms daran denkt, die Kegel rauszustellen", antwortete er, während Fritzi eine der schwarzen Kugeln hochwuchtete. „Allerdings haben sich da auch ein paar Bowlingkugeln dazwischengeschummelt. Die erkennst du an den Löchern", erklärte sie. „Ich finde, sie lassen sich schwerer werfen."
Auf der ersten Bahn spielte Niklas mit Ben und Paul, die zusammen mit Jonas das Schulfest organisierten. Alva fiel auf, dass dies für Paul, der magnetisch war und ständig metallische Gegenstände anzog, das perfekte Spiel sein musste. Alles war aus Holz, nichts blieb an ihm haften. Außerdem gehörte noch Moritz, der Junge, der fliegen konnte, zu dieser Gruppe. Die nächste Bahn war von ein paar Mädchen aus Alvas Wohnhaus besetzt.

Alva und ihre Freunde nahmen die dritte Bahn. Während Mala und Till die Kegel aufstellten, zeigte Jonas auf ein Mädchen, das ein Stück weiter weg gerade eine Kugel warf. „Dahinten ist Holly."

Alva reckte den Hals. „Die mit dem grünen Haarband?", fragte sie leise.

Jonas nickte. Während Fritzi ihre Namen auf eine Tafel schrieb, ließ Alva das Mädchen mit den schwarzen Locken und dem grünen Haarband nicht aus den Augen. Wie es wohl sein musste, die Zeit anhalten zu können? Auch wenn es nur für ein paar Sekunden war.

Jonas schlenderte rüber zu Holly, um sich mit ihr zu unterhalten.

Mala kam zu Fritzi und Alva und schnappte sich die Kugel. „Wer fängt an?"

Alva zeigte auf sie. „Du!", entschied sie.

Mala holte Schwung und ließ die Kugel sachte die Bahn entlangrollen. Krachend fielen ein paar Kegel. Sie warfen reihum.

Jonas war inzwischen mit Holly auf dem Weg zu den Freunden. Alva fragte sich, was für eine Geschichte er ihr erzählt hatte, dass sie bereit war, ihre Fragen zu beantworten.

Neben ihnen auf der Nachbarbahn hörte es sich verdächtig nach Streit an. Alva entdeckte Felix dort. Er stand vor Ben und starrte ihn feindselig an. „Seit wann bist du der Herr über die Kegelbahn?“, fragte er aufgebracht.
Ben stemmte die Hände in die Hüften. „Bin ich nicht! Aber du könntest fragen, ob du mitspielen darfst!“, beschwerte er sich. Moritz neben Ben schob die Brille auf seiner Stupsnase nach oben und schaute aufgeregt zwischen den beiden hin und her.
Felix' Gesicht verzog sich zu einer fiesen Fratze. „Oh, der feine Herr möchte gefragt werden!“, säuselte er feindselig. Niklas, der neben Felix stand, balancierte seine Kugel in einer Hand, um die andere beschwichtigend auf die Schulter seines Freundes zu legen.
Ben starrte Felix wütend an. „Immer nur DU, DU, DU!“, brüllte er.
Unwirsch schüttelte Felix Niklas' Hand von seiner Schulter und stapfte auf Ben zu. „Was wirfst du mir vor? Hmmm? Sprich dich aus. Wir hören dir alle zu. Nur nicht so schüchtern“, schnauzte er mit wutverzerrtem Gesicht. Dabei pikte er Ben die ganze Zeit mit dem Finger in die Schulter.
Ben schnaubte aufgebracht. „Jetzt ist Schluss!“ Alva sah,

wie seine Hände sich zu Fäusten ballten. Kleine Funken zuckten durch seine Haare. Sie biss sich nervös auf die Unterlippe. Ben wirkte, als wollte er gleich auf Felix losgehen.

Es war total still auf der Wiese geworden. Keines der Kinder sagte ein Wort, niemand spielte mehr. Alle beobachteten gespannt oder auch besorgt den Wortwechsel zwischen den beiden. Moritz hob vor Aufregung ein Stück vom Boden ab.

Alva hörte jemanden panisch „Pass auf!“ rufen.

Von Niklas war ein zerknirschtes „Upppsiii!“ zu hören. Sie drehte sich zu ihm. Die Kugel in Niklas’ Hand war groß geworden. Oder besser gesagt: riesig. Sie reichte bis an die unteren Äste der Bäume.

Und sie rollte direkt auf Alva zu.

Ungläubig starrte sie die riesige Kugel an. Ihr Kopf sagte, sie sollte dringend aus dem Weg gehen. Aber ihre Beine wollten irgendwie nicht gehorchen. Die Kugel wurde schneller. Aus den Augenwinkeln bemerkte sie, dass alle zurückwichen. Nur Felix machte noch einen Schritt auf Alva zu. Er wedelte wild mit den Händen, als wollte er Alva verscheuchen. Doch sie blieb wie angewurzelt stehen. Ihr Name wurde gerufen. Sie erkannte Malas

Stimme. Oder war es Fritzi, die so angsterfüllt klang? Alva konnte die Panik um sie herum förmlich spüren, doch sie war unfähig, sich zu bewegen.

Stattdessen starrte sie nur weiterhin auf das riesige schwarze Ding, das inzwischen ganz schön schnell auf sie zugerollt kam. Alles, was sie denken konnte, war: *Komisch, gerade war das noch eine kleine Kugel, die man in der Hand halten konnte!*

In ihrem Kopf machte es

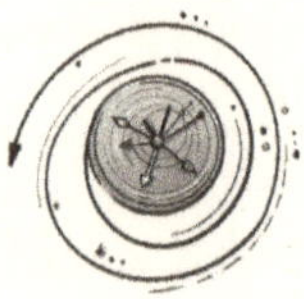

Zzzzzzapzapazpzapzap!

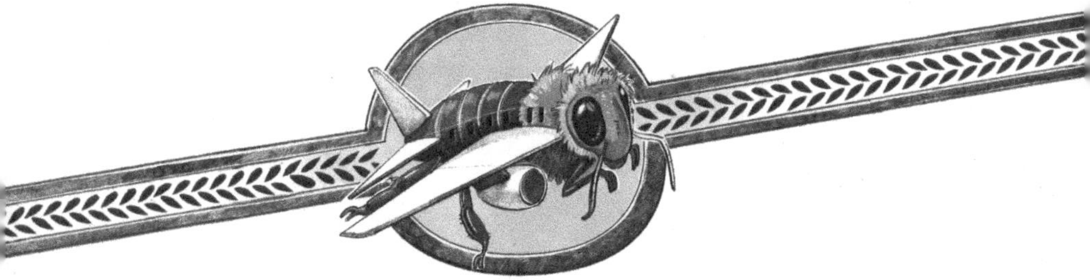

KAPITEL 18

HÜPFENDE SEKUNDEN

Merkwürdig rollende Geräusche mischten sich mit hölzernem Scheppern. Als Alva die Jubelschreie einiger Kinder hörte, wusste sie auf einmal, was dort gespielt wurde.

„Es gibt hier Kegelbahnen?“, fragte sie begeistert.

Jonas und Fritzi schnappten sich Kegel und Kugeln, die am Bootshaus bereitstanden. Jonas nickte. „Ja, außer Herr Harms stellt die hier nicht raus“, antwortete er und hob die Kiste so schwungvoll an, dass die Kegel darin klapperten.

Niklas, Ben, Moritz und Paul spielten auf der Bahn direkt am Bootshaus. Auf der daneben erkannte Alva ein paar Mädchen aus ihrem Wohnhaus. Mala und Till trugen die Kegel ans Ende der dritten Bahn.

Jonas schaute sich um. „Mist! Felix ist gar nicht hier“, stellte er fest. Dann zeigte er auf ein Mädchen. „Aber dort drüben ist Holly!“, sagte er und schon war er weg.

Alva staunte. „Felix ist der zweite Zeitrüttler?“

Fritzi nickte und schrieb ihre Namen auf eine kleine Tafel.

Alva reichte Mala die Kugel. „Du fängst an!“, entschied sie.

Polternd fielen die Kegel um. Fritzi notierte das Ergebnis.

Mit Blick auf Holly und Jonas fragte Mala: „Glaubt ihr echt, dass es die Zeitrüttler waren?“

„Das mit den Zeitsprüngen?“, vergewisserte sich Fritzi.

Alva warf und ließ ihre Kugel nicht aus den Augen. „Na ja, die beiden haben das Talent und wir stolpern durch die Zeit. Könnte doch zusammenhängen, oder?“, mutmaßte sie und riss jubelnd beide Arme in die Höhe. Sie hatte gleich mit ihrem ersten Wurf alle Kegel umgeworfen.

Fritzi krakelte mit der Kreide eine Neun auf die Tafel.

„Ach was!“, widersprach sie. „Soweit ich weiß, sind die schon total aus dem Häuschen, wenn sie nur kurz die Uhr anhalten“, erklärte sie.

Mala stoppte die Kugel, die Till nach vorne gerollt hatte. „Ich bezweifle, dass Holly oder Felix die Zeit auch nur eine Sekunde hüpfen lassen kann!“, stimmte sie zu.
„Doch, wir können die Zeit schon ein paar Sekunden hüpfen lassen“, hörten sie auf einmal jemanden hinter sich sagen.
Alva drehte sich um. Dort standen Jonas und Holly. Mala hüstelte verlegen. „Äääähm! Ja, schon“, stammelte sie.
Holly drehte sich zu Alva und meinte: „Du hast Fragen zu unserem Talent?“
Alva warf Jonas einen verwirrten Blick zu.
Der nickte ihr aufmunternd zu. „Weil du doch neu bist und dich noch nicht so gut mit Talenten auskennst“, betonte er hektisch.
Alva verstand langsam. Eine kleine Vorwarnung wäre trotzdem schön gewesen. „Ach so! Hmmmm, genau“, brummte sie und überlegte, was sie fragen sollte. Fritzi sprang helfend ein. „Könnt ihr Menschen durch die Zeit schicken?“, wollte sie wissen.
Holly schüttelte lachend den Kopf. „Nein! So funktioniert das nicht“, gluckste sie.
Alva musterte die Zeitrüttlerin stirnrunzelnd. „Wie dann?“, fragte sie.

Holly dachte nach. „Das müsst ihr euch mehr wie eine unsichtbare Blase vorstellen", fing sie an.
„Und in die packst du dann Menschen, die du durch die Zeit schickst?", fragte Jonas.
Holly schüttelte verwirrt den Kopf. „NEIN! Warum wollt ihr denn immer jemanden durch die Zeit schicken? Die ‚Blase' spannt sich um uns herum. Und alles, was innerhalb liegt, geht mit uns durch die Zeit", erklärte sie.
Till, der dazugekommen war, vergewisserte sich: „Also ist der Zeitrüttler immer dabei?" Holly nickte.
Alva dachte angestrengt nach. Plötzlich fiel ihr etwas auf. Das konnte nicht sein … oder doch? Sie wurde so aufgeregt, dass die ganzen Tierstimmen in ihrem Kopf zu schreien begannen. Glühwürmchen sangen, Mäuse krakeelten, Eichhörnchen, Käfer, Ameisen, alle schrien wild durcheinander. Vor lauter Getöse konnte sie gar nicht mehr klar denken. Schnell fischte sie ihren Flummi aus der Hosentasche, konzentrierte sich auf das Blau und atmete langsam ein und aus. Die Tierstimmen wurden leiser. Sie konnte ihre Gedanken wieder hören.
Till schaute sie erwartungsvoll an.
„Kann so eine … Blase die ganze Insel umfassen?", wollte Alva wissen.

Sofort schüttelte Holly verneinend den Kopf.
„Ausgeschlossen! Das wäre, als würdest du dir überlegen, ob eine Biene nicht auch als Jumbojet arbeiten könnte!", sagte sie amüsiert.
Mala schenkte Alva einen fragenden Blick. „Was meinst du genau?", flüsterte sie.
Alva beugte sich leicht zu ihr. „Vielleicht sind nicht die, die über die Brücke gefahren sind, in der Zeit gesprungen …", vermutete sie leise.
Malas Augen wurden riesengroß. „Sondern alle, die auf der INSEL waren?", wisperte sie fassungslos.
Alva nickte. „Du hast es doch gehört. Ihr Talent betrifft sie immer selbst. Also muss zumindest ein Zeittalentierter dabei gewesen sein", flüsterte sie. Dann drehte sie sich zu Holly und fragte: „Könnt ihr steuern, ob ihr in die Zukunft oder Vergangenheit springt?"
Die Zeitrüttlerin schüttelte den Kopf. „Nein …", antwortete sie zögerlich, dachte kurz nach und meinte: „Aber Sprünge sind gar nicht so meins. Ich kann die Zeit eher einfrieren."
Till musterte sie fragend. „Und Felix schafft Zeitsprünge?", hakte er nach.
Holly zuckte mit den Schultern. „Na ja, es sind eher kleine

Hopser. Höchstens ein paar Sekunden." Sie schüttelte den Kopf. „Ihr tut gerade so, als würden wir wild durch die Zeit schlittern!", bemerkte sie lachend.

Niemand widersprach. Es entstand eine merkwürdige Stille, die Hollys Frage fast zu beantworten schien.

Alva wechselte rasch das Thema. „Wie merkt man eigentlich, dass man ein Zeittalent hat?", wollte sie wissen.

Holly überlegte kurz. „Als ich kleiner war, dachte ich, meine Eltern bleiben absichtlich regungslos stehen, wenn ich einen Wutanfall habe. Dann stellte ich fest, dass die Fische in unserem Aquarium da auch mitgemacht haben", erzählte sie grinsend.

Fritzi drehte die Kreide in ihrer Hand hin und her. „Ich habe ganz lange gedacht, es ist normal, mehrere Bilder gleichzeitig zu sehen", sagte sie leise.

Alva nickte. Sie konnte sich noch genau an den Moment erinnern, als ihr klar wurde, dass nicht alle … oder eigentlich niemand Tiere hören konnte.

Tills Miene verfinsterte sich. Alva wusste, dass er Angst vor seinen Brüdern gehabt hatte, wenn er geschrumpft war, und sich deshalb immer verstecken musste. Zu Hause galt er als feiger Hasenfuß. Sie stupste ihn mit dem Ellbogen leicht an. Kopfschüttelnd vertrieb er die blöden

Erinnerungen. „Wie war das bei dir?“, wollte er von Mala wissen.
„Meine Eltern ließen ständig unser Dach kontrollieren. Sie waren überzeugt, es wäre undicht“, erinnerte sie sich. Alle lachten. Holly verabschiedete sich und ging zurück zu ihrer Gruppe.
Till sah ihr nach, bis sie außer Hörweite war. Dann drehte er sich zu seinen Freunden um. „Und was machen wir jetzt?“, wollte er wissen.
„Ich denke, wir sollten morgen unbedingt mit Felix sprechen. Vielleicht hat sich sein Zeittalent ja verselbstständigt“, verkündete Alva und fragte: „Kommt jemand mit?“
Jonas schüttelte sofort den Kopf und meinte: „Nö, ich muss morgen unbedingt rausbekommen, wie viel Zeit wir eigentlich verloren haben.“
Till nickte wissend. „Damit die Getränkelieferung rechtzeitig kommt“, behauptete er.
Jonas nickte grinsend. „Ja, genau! Wegen einer Getränkelieferung mach ich mir sooooo viele Sorgen“, zog er Till auf.

KAPITEL 19

GOLDFISCHE UND NERVENSÄGEN

Am nächsten Morgen schnappte Alva sich ihre Tasche. Sie klemmte sich ihr Tablet in der Schutzhülle unter den Arm. Gemeinsam mit Fritzi verließ sie das Haus und ging in Richtung Schule. Am Stall bog Fritzi ab. „Grüße an Fridolin!“, rief Alva ihr grinsend hinterher. Doch Fritzi tat, als könnte sie Alva nicht mehr hören.

Da landete Rodrigo neben ihr. ***„Füttert sie das faule Stacheltier etwa immer noch?“***

Alva kicherte leise vor sich hin. „Ja, ich glaub schon", antwortete sie.

Rodrigo stolzierte neben ihr her. ***„Wahrscheinlich schläft es irgendwann im Gehen ein"***, schnarrte er vor sich hin. Alva war kurz vom johlenden Chor einiger Marienkäfer abgelenkt.

„Du erinnerst dich doch noch an alles, oder?", hakte Rodrigo sofort nach. Alva nickte.

„Wie großartig! Dann heute mal kein Gespräch mit einem vergesslichen Goldfisch! Was für ein Glückstag", erklärte Rodrigo und flatterte ein Stück den Weg entlang.

„Auch an die Schnecken? Und dein Versprechen?!", wollte er wissen. Alva sah ein paar der Kriechtiere am Rand der Wiese sitzen. Rodrigo wippte so heftig mit dem Kopf, dass Alva Angst hatte, er würde gleich umfallen.

„Hast du etwa die Schnecken vergessen?", kreischte er.

„Nein, hab ich nicht! Aber vielleicht reicht es, wenn sie ein bisschen Zeit mit dir verbringen. Bestimmt verschwinden sie dann von ganz alleine", machte sich Alva über die Krähe lustig.

„Ganz sicher nicht! Klär das mit ihnen, und zwar schnell", befahl Rodrigo, hob ab und flog rüber zum Festland.

Nachdenklich schaute Alva der Krähe hinterher. Rodrigo liebte das Scheinwerferlicht, Bewunderung und jede Aufmerksamkeit, die er nur kriegen konnte. Warum regten ihn die Schnecken so auf? Irgendwie war das seltsam. Sie nahm sich vor, ihn das nächste Mal danach zu fragen ... falls sie es dann nicht schon wieder vergessen hatte. Es war ganz schön lästig, dass sich ständig ihre Erinnerungen löschten.

Langsam ging sie weiter zum Vorplatz der Schule. Mala und Lenni waren schon da. Sie standen in der Nähe des Eisbergs. Alva ging an ein paar Kindern vorbei. „Wisst ihr noch? Das Schulfest mit dem Puddingkatapult?", hörte sie einen Jungen kichern. Ein Mädchen schüttelte sich vor Lachen. „Natürlich! Das war das Größte."

Alva fröstelte, als sie sich zu Mala und Lenni stellte. „Boah, hier ist es echt kalt", bemerkte sie und warf dem monströsen Eiskoloss einen bösen Blick zu. „Warum schmilzt das Ding eigentlich nicht?", fragte sie schlotternd.

Mala erklärte total stolz: „Der schmilzt schon, aber da er so supergroß und echt gut verdichtet ist, passiert das nur gaaaaanz langsam!"

„Na, so ein Glück!", murrte Alva.

Jonas und Till hetzten über den Platz auf sie zu. Sie sahen

alles andere als glücklich aus. Bei Jonas konnte man vor lauter Federn kaum noch Haare erkennen.
„Sind das noch mehr geworden?“, fragte Alva.
Jonas schüttelte unwirsch den Kopf. „Vergiss die Federn! Wisst ihr, dass auf dem Festland schon Freitag ist? Das bedeutet, MORGEN wäre das Schulfest!“, betonte er aufgebracht.
Alva traute ihren Ohren kaum. „Waaas? Ehrlich?“
Jonas raufte sich verzweifelt sein Feder-Haar. „Ja, schrecklich, oder? Vor allem, weil wir so gut wie NICHTS vorbereitet haben“, zeterte er.
Mala fragte Jonas und Till verblüfft: „Seid ihr euch da ganz sicher?“
Till kramte sein Jo-Jo aus der Hosentasche. „Wir waren gerade bei Herrn Petrulla im Sekretariat. Jonas hat von dort zu Hause angerufen“, erzählte er und ließ das Jo-Jo senkrecht nach vorne schnellen.
Jonas hüpfte wie ein Flummi hektisch auf und ab. „Leute! Uns läuft die Zeit davon …“, jammerte er.

Alva schüttelte unmerklich den Kopf. Sosehr sie auch nachdachte, ihr wollten keine tröstenden Worte einfallen. Jonas schlug stöhnend beide Hände vors Gesicht. „Und morgen Vormittag soll eine Lieferung für das Sommerfest vom Festland kommen", stöhnte er zwischen seinen Fingern hindurch. Er ließ die Hände sinken. „Herr Petrulla lässt sie niemals auf die Insel, da sie für SAMSTAG angemeldet ist! Und Samstag ist hier erst in ein paar Tagen!", klagte er.

Till legte den Arm um Jonas' Schultern. „Lass uns einfach ohne Panik nachdenken. Wir haben immerhin noch ein kleines bisschen Zeit", schlug er vor.

Jonas schien sich zu beruhigen. Dann schreckte er wieder hoch. „Ich muss Paul und Ben Bescheid sagen", stellte er hastig fest.

Lenni schüttelte den Kopf. „Wozu? Damit hier statt einem *drei* aufgescheuchte Hähne rumhüpfen?", fragte sie mit hochgezogener Augenbraue, als Till auf einmal „Ich hab's!" rief. Alle schauten ihn erwartungsvoll an.

„Du fragst morgen bei Herrn Petrulla, ob du aufs Festland darfst. Mit dem Tagescode verlässt du die Insel und wartest vor dem Tor auf die Lieferungen", erklärte Till.

Jonas wurde etwas ruhiger. „Wenn der Lastwagen kommt,

klingele ich und sage Herrn Petrulla, dass ich wieder da bin. Der Lastwagen kann auf die Insel fahren", beendete er Tills Plan.

Mala kicherte leise. „Und Herrn Petrulla erklärst du, dass es im Kiosk Lastwagen im Sonderangebot gab?", erkundigte sie sich.

Bei dem Gespräch wäre Alva gern dabei. „Ist doch egal, Hauptsache, Herr Petrulla macht dir das Tor auf!", warf sie grinsend ein.

Jonas atmete auf. „Hört sich gut an, könnte klappen", seufzte er erleichtert.

Till wickelte die Schnur seines Jo-Jos auf. „Es wäre natürlich super, wenn wir irgendwann wieder dieselbe Zeit auf dem Festland und der Insel hätten. Am besten, BEVOR der Lastwagen auf die Insel fährt."

Lenni musterte ihn nachdenklich. „Ja, wäre echt blöd, wenn es hier gerade Nacht ist!", stimmte sie Till zu.

Alva bemerkte, wie Jonas panisch nach Luft schnappte. Sie sah sich suchend um. „Ich wollte mich ja mit Felix unterhalten. Hat ihn jemand gesehen?", fragte sie schnell.

Till deutete auf ein paar aufgebrachte Kinder. „Dort drüben, hört man doch", sagte er.

Felix stand mit wutverzerrtem Gesicht einem Jungen

gegenüber, der mindestens einen Kopf größer als er war. Sie schrien sich an.

Alva beobachtete die Szene kopfschüttelnd. „Ist Felix immer so … aufbrausend?“, fragte sie die anderen.

Till, der den Streit ebenfalls verfolgte, meinte: „Nein, eigentlich überhaupt nicht.“

Fritzi kam über den Platz zu den Freunden geschlendert. „Mann, Felix ist ja total von der Rolle“, bemerkte sie und nickte Alva zu. „Hast du schon mit ihm geredet? Nimm sonst vielleicht lieber Boxhandschuhe mit!“, riet sie ihrer Mitbewohnerin.

Gerade als Alva etwas erwidern wollte, pflügte schnaubend ein Nashorn über den Platz, gefolgt von einem Känguru. Alva hätte vor Schreck fast ihr Tablet fallen lassen. Sie sprangen gerade noch rechtzeitig zur Seite. Jonas schaute den Wettläufern hinterher. „Ich setze auf das Nashorn“, verkündete er.

Kaum war das Rennen beendet, war Felix schon im Schulhaus verschwunden. Immer mehr Kinder verließen den Platz. Der Unterricht fing bald an. Alva und ihre Freunde gingen ebenfalls rein. In der Halle zogen sie ihre Schuhe aus und stellten sie ins Regal. Jonas tippte auf seinem Tablet. „Wo müssen wir eigentlich hin?“

Mala deutete ans andere Ende der Halle auf die blaue Tür, hinter der die Werkstätten lagen. „Labor 3", antwortete sie.
Alva schnaubte enttäuscht. Die Labors waren nicht die spannendsten Orte in der Schule. Es gab so viele coole Plätze. Sie war noch nie auf der wippenden Plattform gewesen oder in einer der großen Hängematten. Neidisch beobachtete sie die Gruppe von Frau Lupinski, die johlend an Stangen in ein gigantisches Kugelbad rutschte. Oder die Kinder, die bei Herrn Hagenbusch Unterricht hatten und in Zorb-Bällen durch die Halle rollten.
Alva trottete lustlos hinter den anderen her. Mala öffnete die blaue Tür, die in den Laborgang führte. „Vielleicht überrascht uns Herr Bommer mit spektakulär spannendem Unterricht", versuchte sie die anderen aufzumuntern.
Till, der gerade das Jo-Jo in seine Hosentasche steckte, lachte kurz auf. „Oh ja, wie er es ja schon so oft getan hat!", murrte er.

KAPITEL 20

BLOẞ KEINEN SPAẞ!

Alva setzte sich mit Till, Fritzi und Jonas an einen Vierertisch. „Sobald wir Freiarbeit haben, versuche ich, mit Felix zu reden“, flüsterte sie den anderen zu.

Jonas verdrehte die Augen. „Freiarbeit? Bei Herrn Bommer? Wovon träumst du nachts?“, murrte er.

Die Tür zum Klassenzimmer wurde aufgerissen. „Guten Morgen!“, schrie Herr Bommer, kaum dass er im Raum war. Er knallte die Tür zu, ging zum Pult, donnerte dort seine Tasche drauf und kramte ein Tablet raus.

„Holt jetzt alle eure Geräte hervor“, kommandierte er.

Dann tippte er eine Weile auf seinem rum. Die Kinder beobachteten gespannt, was nun passieren würde. Das Smartboard hinter Herrn Bommer wurde schwarz. Dann erschienen nacheinander einzelne Planeten.

Jonas summte leise vor sich hin und sagte auf einmal: „Der Weltraum! Unendliche Weiten …"

Herr Bommer sah Jonas streng an. „Lass das!", befahl er und vertiefte sich wieder in sein Tablet.

Jonas verschränkte schmollend die Arme. „Gut, dann eben ohne Spaß!", murmelte er kaum hörbar.

Als Herr Bommer mit dem Tafelbild fertig war, ließ er einen kleinen Laserpointer über das Board rauschen. Alva verfolgte den roten Punkt, der wie ein aufgeregtes Raumschiff durch das Sonnensystem schoss.

„Na, dann sagt mir doch mal: Wie weit ist die Sonne von der Erde entfernt?", forderte er die Klasse streng auf.

Schlecht gelaunt schaute Alva zur Tafel. Ging es noch langweiliger? Woher sollten sie das denn wissen? Hatten sie darüber etwa schon gesprochen? Ihre Freunde sahen alle genauso ratlos aus wie sie.

Dabei hatte sich die ganze Klasse so auf das neue Projekt gefreut. Schließlich bekam man nicht jeden Tag die Chance, ein eigenes Sonnensystem zu erschaffen.

Zusammen mit Till hatte Alva sich überlegt, das Hubble-Teleskop nachzubilden. Mala wollte einen Meteoritenschauer bauen. Alva war sehr gespannt, wie das funktionieren sollte. Da konnte sie sich unter der riesigen Sonne, über die Fritzi und Lenni seit Tagen redeten, schon eher etwas vorstellen. Extrem neugierig war sie auch auf Jonas' Idee, einen unbekannten Planeten, auf dem Aliens hausten, in das Sonnensystem zu schmuggeln.
Allerdings war sich Alva ziemlich sicher, dass Fähnchen-Bommer keinen erfundenen Planeten im Sonnensystem dulden würde. Da wäre ja überhaupt nicht klar, wie weit der von den anderen Sternen entfernt war. Oder von der Erde. Offenbar war das unfassbar wichtig. Schon beim letzten Projekt am Strand hatte er die ganze Gruppe mit den unterschiedlichen Warnflaggen der Wasserwacht genervt. Daher kam auch sein Spitzname. Und jetzt fing der Unterricht wieder total langweilig an. Wie sollte ein Mensch diese Entfernungen auswendig wissen?
Doch Herr Bommer ließ nicht locker: „Also, wer hat die Antwort? Von der Sonne zur Erde, das ist doch nicht SO schwer", fragte der Lehrer die Kinder und grinste dabei ein bisschen hinterhältig. Er wusste genau, dass niemand die richtige Zahl kannte.

In der Klasse erhob sich leiser Protest. Nur Mala traute sich, etwas lauter zu motzen: „Wozu sollen wir DAS denn wissen?"
Herr Bommer musterte sie mit schmalen Augen, bevor er streng antwortete: „Weil für das Projekt alles zusammenpassen muss. Oder glaubst du, wir hängen da einfach nur bunte Kugeln an Schnüren auf?"
Jonas, der neben Alva saß, flüsterte kaum hörbar: „Nein, auf gar keinen Fall. Das könnte ja sonst noch lustig werden."
Sofort hakte der Lehrer nach. „Jonas, weißt du die Antwort?", wollte er mit eisiger Stimme wissen.
Jonas schüttelte nur stumm den Kopf.
Und dann hatte Alva einen Geistesblitz. Sie hatte keine Ahnung, woher der kam. Ihr Finger schnellte in die Höhe. Fähnchen-Bommer rief sie auf.
„Die Sonne ist von der Erde im Durchschnitt 149,6 Millionen Kilometer entfernt. Aber die Umlaufbahn ist nicht rund, eher eierförmig, deswegen schwankt diese Zahl", hörte sie sich sagen.
Alle, auch Herr Bommer, starrten sie ungläubig an. Alva spürte, wie sie knallrot wurde.
„Äääähm, das … ist … richtig", erklärte der Lehrer

verdattert und schrieb die Antwort auf. Alva konnte das Erstaunen um sich herum förmlich fühlen.
Und am meisten wunderte sie sich selbst. Woher hatte sie das gewusst?
Jonas neigte sich zu ihr und fragte verwundert: „Gut geraten?"
„Ich glaube nicht", antwortete Alva zögerlich. „Die Zahl war auf einmal in meinem Kopf."
„Wie? Einfach so?", flüsterte Jonas zurück. Und dann, nach ein paar Sekunden, fügte er nachdenklich hinzu: „Seltsam, oder?"
Alva kratzte sich an der Stirn. „Oder wir haben das in den letzten Tagen schon so oft erlebt …", murmelte sie.
Jonas musterte sie mit gerunzelter Stirn. „… dass du dir diesen Mist merken konntest?", vollendete er ihren Satz viel zu laut.
Herr Bommer klatschte genervt in die Hände. „JONAS! Beitrag zum Unterricht oder nur sinnloses Gewäsch?", motzte er.
„Sinnloses Gewäsch", entschied Jonas und erwiderte bewundernswert ruhig den vernichtenden Blick des Lehrers.
„Wenn ich dich noch einmal beim Reden erwische,

schreibst du ein Unterrichtsprotokoll! Verstanden?!“, bestimmte Herr Bommer sauer.
Alva biss sich auf die Lippen, um nicht laut loszulachen, als sie sah, wie Till die Augen verdrehte.
Doch Jonas schnellte von seinem Stuhl und brüllte, als hätte er einen militärischen Befehl bekommen: „Auf jeden Fall!“
Doch Herr Bommer fühlte sich kein bisschen veralbert, denn er nickte nur zufrieden.

Der ganze restliche Vormittag zog sich in gleich bleibender Langeweile hin. Sie mussten Artikel über Planeten vorlesen, sich Zahlen aufschreiben und komische Sachen rechnen, die Alva nicht verstand. Und wie Jonas schon vorhergesagt hatte, gab es keine Sekunde Freiarbeit. Als Herr Bommer sie endlich zur Mittagspause entließ, packte Alva ihre Sachen zusammen und schlenderte an den Tisch zu Niklas und Felix.
Da sie sich noch nie mit Felix unterhalten hatte, hielt sie sich an Niklas. „Mala erzählte, dass du gestern total schnell reagiert hast, als Theo sich in der Mensa in einen Hai verwandelt hat“, sagte sie.
Ihr Plan ging auf. Felix blieb ebenfalls stehen und hörte zu,

wie Niklas nur meinte: „Oh, danke, aber ich war soooo aufgeregt, da wurde das Becken für das Wasser ein bisschen sehr groß!"

Alva nickte. „Ja, aber das passiert doch ganz schnell, wenn man in Panik ist", antwortete sie, nahm ihren ganzen Mut zusammen und schaute Felix direkt an. „Stimmt es, dass du ein Zeittalent hast?", fragte sie.

Er musterte sie abweisend. „Jaaaa", antwortete er gedehnt und nahm seinen Rucksack vom Tisch. Niklas ging rüber, um mit Mala zu sprechen. Hoffentlich machte Felix sich nicht gleich aus dem Staub. „Wow, das ist ja super. Gehst du dann so richtig auf Zeitreise?", hakte Alva deshalb schnell nach.

Felix ließ sie nicht aus den Augen. „Nein", meinte er nur kopfschüttelnd.

Sie gab sich einen Ruck. „Sicher?", fragte sie.

Felix blitzte sie wütend an. „Was willst du andeuten?", fragte er feindselig zurück.

„Dass uns ein paar Tage fehlen und du erklären könntest, warum?", sagte sie eilig.

Wortlos drehte er sich um und stürmte aus dem Labor.

Alva war nicht bereit, so schnell aufzugeben. „Hey, warte!", rief sie und jagte hinter ihm her.

„Dann stimmt es also?“, wollte sie wissen, als sie ihn eingeholt hatte.
„Was?“, fuhr er sie aufgebracht an. „Dass ich nicht nur absichtlich Leute verletze, sondern auch noch Zeit stehle?“
„Eigentlich schenkst du Zeit“, widersprach Alva. Verblüfft blieb Felix stehen. „Wir erleben immer wieder das Gleiche“, erklärte Alva leise. Sie hatte gehofft, Felix würde sich dazu irgendwie äußern. Doch Fehlanzeige. Er starrte sie nur schweigend an.
Also redete Alva weiter. „Vielleicht merkst du es nicht … und es ist ja auch nicht schlimm … könnte auch kein Talent sein … oder das von jemand anderem … aber es ist nervig … und das Schulfest …“, stammelte sie aufgeregt.
Felix hob die Hand, um ihren Redefluss zu stoppen. Er war blass geworden. „Woher weißt DU, dass sich die Zeit wiederholt?“, fragte er sie tonlos.
Überrascht klappte Alva den Mund zu. War das etwa ein Geständnis? „Du …“, fing sie an, als sich auf einmal ein dumpfes Brummen in ihrem Kopf ausbreitete.

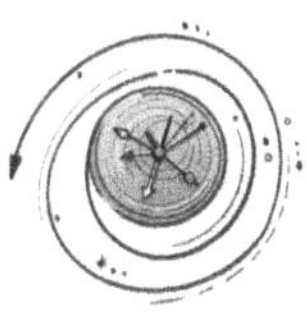

ZZZZZZZZZAAAAAAAPPPPPPP

KAPITEL 21

WARUM SO LAUT?

Als Herr Bommer sie endlich in die Mittagspause entließ, packte Alva ihre Sachen zusammen und schlenderte an den Tisch zu Niklas und Felix.

„Du hast für Theo gestern ja einen super Pool gefunden“, sagte sie zu Niklas. Der berichtete sofort begeistert von dem Abend in der Mensa. Alva war froh, dass Felix stehen blieb und lachend zuhörte.

Sie holte tief Luft. „Stimmt es, dass du ein Zeittalent hast?“, fragte sie Felix aufgeregt.

Statt einer Antwort nickte er nur kurz.

Alva ließ sich nicht entmutigen. „Dann kannst du ja immer auf Zeitreise gehen", stellte sie fest.
Er zuckte mit den Schultern und antwortete lachend: „Schön wär's, aber ich schaffe höchstens ein paar Sekunden."
Niklas ging an den Nachbartisch, um sich mit Mala zu unterhalten. Alva schaute ihm nach, bevor sie sich wieder auf Felix konzentrierte. „Und dann fehlen einfach so ein paar Sekunden?", fragte sie stirnrunzelnd.
„Nein", widersprach Felix lachend. „Wenn ich mich entspanne, springt die Zeit wieder zurück!"
„Wohin zurück?", fragte Alva verwirrt.
„Auf die ‚normale' Zeit", antwortete Felix und zeichnete mit seinen Fingern bei dem Wort *normal* Gänsefüßchen in die Luft.
„Kannst du die Zeit für die ganze Welt verschieben?", hakte Alva nach.
Felix schüttelte den Kopf. „NEIN!", rief er entsetzt und erklärte grinsend: „Das findet nur um mich herum statt!"
Alva nickte interessiert. „Um dich herum auf der ganzen Insel?"
Felix nahm seinen Rucksack vom Tisch. „Quatsch, wo denkst du denn hin!", sagte er und machte zögerlich ein

paar Schritte. Es kam Alva fast so vor, als wartete er darauf, dass sie ihn begleitete. Das lief ja tausend Mal besser, als sie gedacht hatte. „Wie merkt man, dass man ein Zeittalent hat, wenn die Zeitsprünge nur Sekunden dauern?", fragte sie ihn, während sie gemeinsam das Labor verließen.

Er warf ihr einen Seitenblick zu. „Weil auf einmal ein Stück fehlt. Du stehst nicht dort, wo du vor ein paar Sekunden gestanden hast. In einem Satz fehlen ein paar Wörter, das Licht ändert sich, andere Geräusche", zählte er auf. Das hatte er wohl schon öfter erklären müssen.

„Dann erkennst du also, wenn du die Zeit … springen lässt?", fragte Alva hartnäckig weiter.

Falls sich Felix über ihr plötzlich erwachtes Interesse an seinem Talent wunderte, verbarg er es gut. „Ja, natürlich", antwortete er prompt.

„Geht das in die Zukunft und in die Vergangenheit?", bohrte Alva nach. Inzwischen hatten sie die Eingangshalle durchquert.

„Klingt, als wolltest du eine Zeitreise vorbereiten", zog Felix sie auf.

Alva schüttelte den Kopf. Dann nahm sie all ihren Mut zusammen: „Wir haben festgestellt, dass die Zeitachse auf der Insel gegenüber der auf dem Festland ... verschoben ist."

„Waaaas?" Für einen kurzen Moment musterte Felix sie erschrocken. Dann wanderte ein Grinsen über sein Gesicht: „Läuft die Zeit hier langsamer oder schneller?"

„Sie springt eher", antwortete Alva und verließ hinter Felix das Schulhaus. Er stockte kurz in seiner Bewegung und drehte sich dann mit ungläubiger Miene zu ihr um.

„Aaaaahaaa, sie springt", wiederholte er in einem Ton, als hätte Alva behauptet, Flusspferde könnten fliegen.

„Wirklich! Das ist so!", bekräftigte Alva und wurde ein bisschen stinkig. Denn Felix hörte gar nicht mehr auf zu kichern. Er lachte sie richtig aus. „Ich bin das ganz sicher nicht. Wenn ich die Zeit springen lasse, würdest DU das gar nicht merken", behauptete er.

„Weil ich alles vergessen würde?", fragte Alva aufgeregt. Doch Felix schüttelte nur grinsend den Kopf. „Nein, weil es höchstens ein paar Sekunden wären!", erklärte er und rief Niklas, der das Schulhaus verließ, „Warte!" hinterher. Dann sagte er zu Alva: „Ich kann mir nicht vorstellen, dass etwas mit der Zeit nicht stimmt. Das würde doch anderen auch auffallen. Aber ich verstehe dich. Bei Herrn Bommer im Unterricht kommt es einem so vor, als würde die Zeit rückwärtslaufen!" Er zwinkerte ihr zu und spurtete rüber zu Niklas, der wartend ein Stück weiter stand.

Mala, Till, Jonas und Fritzi kamen auf Alva zu. „Und? Ist er der Zeitrüttler?", erkundigte sich Mala.

Alva blies sich eine Haarsträhne aus dem Gesicht. „Er sagt Nein", antwortete sie und schaute Niklas und Felix nachdenklich hinterher.

Mala musterte sie aufmerksam. „Und du glaubst ihm nicht?"

Alva schüttelte kurz den Kopf. Es war, als müsste sie komische Gedanken vertreiben. „Irgendwie nicht", gab sie zögerlich zu.

Till kramte nach seinem Jo-Jo. „Was vermutest du?", wollte er wissen.

„Es war, als würde er schauspielern", platzte Alva plötzlich raus.

Die anderen guckten sie überrascht an. Till ließ sein Jo-Jo hoch- und runtersausen. „Wie in einem Theaterstück?", wollte er wissen.

Alva nickte eifrig. „Genau so, aber irgendwie echt schlecht gespielt", erklärte sie.

Stirnrunzelnd murmelte Mala vor sich hin. „So kommen wir nicht weiter. Was hat das alles mit dem Gedicht zu tun? *Vorher ist nachher ist früher ist nun. Nur wer das weiß, bleibt auch immun.*"

Till fing sein Jo-Jo auf. „Das haben wir schon gelöst. Und auch den gemächlichen Fluss und den Strudel und den Sog. Hat alles mit der Zeit zu tun", fasste er zusammen.

Alva bewegte nur lautlos ihre Lippen.

„*Findet, wer sich nach Vergebung reckt. Findet, wer sich nach Vergebung reckt*", wiederholte sie dann nachdenklich. Warum sollte Felix sich nach Vergebung recken? Und wie sollte er es plötzlich schaffen, nicht nur Sekunden, sondern mehrere Tage zu überspringen?

Je angestrengter sie nachdachte, desto lauter wurden die Tiere um sie herum. Sie atmete tief durch, während sie nach ihrem Flummi kramte. Mussten die denn soooo laut sein? Sie hatte das Gefühl, ihr würde gleich der Kopf platzen. Warum musste sich ihr Talent immer verselbstständigen, wenn sie aufgeregt wurde? Oder wütend … ärgerlich oder … Oh! Konnte das sein? Wenn sie etwas total bereute?

Alva öffnete überrascht den Mund. „Ich weiß, was passiert ist“, rief sie aufgeregt.
Alle drehten sich zu ihr und musterten sie erwartungsvoll. Die Tierstimmen in Alvas Kopf verschwammen zu einem lauten

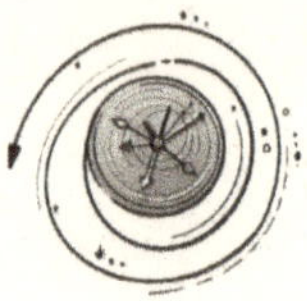

Zapzapzapzapzapzapzap!

KAPITEL 22

WILLKOMMEN IM GESTERN

Alva und Jonas waren endlich am Fußballfeld hinter der Turnhalle angekommen. Das Training war schon in vollem Gange. Die Kinder auf dem Platz trugen rote und blaue Mannschaftsbänder. Frau Lupinski mit Trillerpfeife um den Hals war die Schiedsrichterin.

Ein lauter Pfiff war zu hören. Frau Lupinski zeigte Sabita, die mit dem Ball in der Hand weit über dem Tor schwebte, die Rote Karte.

„Äääähm, welche Position spielt Sabita denn?“, fragte Alva verblüfft.

„Windige Verteidigerin", antwortete Jonas und deutete zu einem blonden Jungen, der total ruhig dastand. „Wäre ich Felix, ich würde ausflippen. Der Ball wäre auf jeden Fall reingegangen", meinte Jonas.
Sabita diskutierte inzwischen wegen ihrer Roten Karte mit Frau Lupinski. „Es kam einfach über mich!", erklärte sie. Frau Lupinski schüttelte den Kopf. „So ein Quatsch! Ich habe gesehen, wie du losgeflogen bist." Sie zeigte zur Seitenlinie, um klarzumachen, dass Sabita den Platz verlassen musste.
Wutentbrannt rannte das Mädchen vom Platz. Am Spielfeldrand stolperte sie über eine rote Sporttasche, die direkt an der Seitenlinie lag. Mit einem lauten Schrei fiel sie hin.
Ein erschrockenes Raunen ging durch das Publikum. Felix rief entsetzt: „NEIN!" Er schlug sich die Hände vors Gesicht. Frau Lupinski lief zu Sabita, die sich auf dem Boden wälzte. Die Schiedsrichterin redete mit dem Mädchen und schickte dann einen der Schüler los, um die Ärztin zu holen.
Alva beobachtete Felix, der mitten auf dem Feld kopfschüttelnd auf und ab tigerte. „Was hat er denn?", erkundigte sie sich bei Jonas. Doch bevor der antworten

konnte, hielt Frau Lupinski mit wütendem Gesicht die rote Tasche hoch. „Wem gehört die?", fragte sie streng.
Felix hob zögerlich die Hand und trottete näher. Die Lehrerin streckte ihm seine Tasche entgegen. „Felix! Wie oft noch? Nichts, wirklich gar nichts, hat am Spielfeldrand rumzuliegen", schimpfte sie wütend.
Lola kam angerannt, um zu sehen, wie es Sabita ging. „Warum kannst du nicht wie alle anderen deinen Kram aufräumen!", fauchte sie Felix an. Allgemeines Gemurmel erhob sich. Felix ließ das brodelnde Schimpfgewitter schweigend über sich ergehen. Er nahm von Frau Lupinski seine Tasche entgegen. Dann hob er auf einmal den Kopf und schaute suchend in die Zuschauerreihen. Er schulterte seine Tasche, ließ Lola und Frau Lupinski mit Sabita einfach stehen und ging direkt auf Alva zu.
Alva drehte den Kopf nach links und rechts, um zu sehen, zu wem er wollte, doch da stand er schon vor ihr.
„WIR müssen uns unterhalten", murrte er.
Alva musterte ihn verblüfft. „Wir?", fragte sie.
Verwechselte er sie mit jemand anderem? Sie kannte ihn doch überhaupt nicht.
Felix schien da anderer Meinung zu sein. „Gehen wir?", fragte er.

Till und Jonas unterbrachen ihr Gespräch. „Was ist los?"
Alva hob die Schultern und deutete auf Felix, der etwas abseits auf sie wartete. „Er will mit mir reden!", erklärte sie verwirrt und ging hinter Felix her.
Erst auf dem Vorplatz der Schule blieb der Junge stehen. Alva fragte unfreundlicher, als sie es vorgehabt hatte: „Okay? Worüber willst du reden?"
Felix nahm seine Cap ab und fuhr sich aufgebracht mit der Hand durchs Haar. „Was läuft schief?", wollte er von ihr wissen.
„Bei dir?", vergewisserte sich Alva verwirrt.
„Ich versuche echt, es hinzukriegen. Aber es funktioniert nicht. Jetzt bin ich sogar bis zum Spiel gekommen, und dann …", jammerte Felix. Er kickte wütend in den Kies auf dem Vorplatz. *„… fällt sie über meine blöde Tasche!"*, schrie er auf einmal verzweifelt.
„Sabita?", riet Alva.
„Ja, natürlich Sabita! Wer denn sonst?"
Alva blickte sich verloren um. Sie könnte hier etwas Hilfe gebrauchen. Fast schon erleichtert entdeckte sie Fritzi, Mala, Jonas und Till. Sie winkte, dass sie kommen sollten. Felix bemerkte es, wich zurück und sagte nur tonlos: „Nein."

Alva hatte Angst, er würde gleich abhauen. „Du wolltest doch Hilfe von mir?", fragte sie schnell.
Felix sah nicht mehr so überzeugt aus.
Doch Alva zeigte zu den Freunden. „Ich allein kann dir wahrscheinlich nicht helfen. Aber WIR zusammen sind darin echt gut", erklärte sie.
Es schien, als würde ihn das überzeugen.
„Stören wir?", fragte Jonas grinsend, als sich Alvas Freunde zu Felix und ihr stellten.
Alva schüttelte erleichtert den Kopf. „Nein! Felix meint, ich könnte ihm helfen, weil er schuld an Sabitas Verletzung ist", fasste sie zusammen.
Till musterte Felix aufmerksam. „Wie kommst du darauf?", fragte er.
Der Junge biss sich auf die Lippen. Es kostete ihn echt Überwindung zu antworten.
„Alva weiß, was … ich tue", stammelte er endlich und sah sie an. Alva spürte die fragenden Blicke ihrer Freunde und zuckte nur unwissend mit den Schultern.
Felix war ganz aufgeregt. „Doch, du hast mich gestern, nach unserem Weltraumprojekt, auf die Zeitsprünge angesprochen."
„Zeit… was?", fuhr Jonas überrascht hoch.

Auch Till schüttelte ungläubig den Kopf. „Moment! Das Projekt fängt doch erst morgen an", warf er ein.
Alva musterte Felix verwirrt. „Hä? Zeitsprünge? Noch nie gehört", stammelte sie und fragte stirnrunzelnd: „Und wann haben wir jemals miteinander geredet?"
Doch Mala hob die Hände. „Lasst ihn doch einfach mal erzählen", forderte sie die anderen auf.
Daraufhin schauten alle erwartungsvoll zu Felix.
„Vor ein paar Tagen habe ich Sabita beim Fußball gefoult …", fing er zu erzählen an.
Fritzi schnappte nach Luft. „Wie? Wann?", fragte sie überrascht.
Felix kratzte sich verlegen am Ohr. „Ich schätze, ihr vergesst bei jedem Zeitsprung alles, was passiert ist", murmelte er und fuhr mit gewichtiger Miene fort: „Also … wir springen in der Zeit."
Jonas brummte genervt: „Na, großartig!"
Doch Mala schüttelte nur den Kopf. „Beachte ihn nicht und erzähl einfach weiter", forderte sie Felix betont ruhig auf.
Er nickte ihr dankbar zu. „Das Foul an Sabita! Es war unabsichtlich, echt, aber niemand hörte mir zu. Alle motzten mich nur an. Aber was sollte ich tun? Ich konnte

es ja nicht mehr ungeschehen machen. Ich war total wütend …" Felix' Stimme brach ab. Er blickte Hilfe suchend in die Runde.

Till brummte: „Einleuchtend."

Das reichte, damit Felix weiterredete. „Dann merkte ich, je wütender ich wurde oder je mehr ich mich aufregte, desto weiter sprang die Zeit zurück. Ich fing an, Ärger zu machen."

Alva verstand gar nichts mehr. „Aber du warst gerade beim Fußballspiel total entspannt und hast nicht mal gegen Sabita gestänkert."

Doch Felix schüttelte den Kopf. „Gut, dass ihr das alle vergessen habt. In den letzten Tagen war ich nämlich ziemlich unausstehlich", gab er verlegen zu und rückte nervös seine Mütze zurecht.

Jonas hob die Hand. „MOMENT! Du hüpfst hier wie ein wild gewordener Frosch durch die Zeit, weil du VOR das Spiel kommen willst, um Sabita NICHT zu foulen?", erkundigte er sich.

Felix gab kleinlaut zu: „Das war der Plan. Aber leider bin ich nie weit genug zurückgekommen."

Jonas sah sich um. „Offenbar irgendwann schon, oder?"

Felix lächelte schüchtern. „Ja, aber erst, als Alva mich nach dem Unterricht auf die Zeitsprünge angesprochen hat! Ich hab mich soooo erschrocken. Die Panik reichte aus, damit die Zeit bis vor das Spiel sprang …" Plötzlich wurde er still.

„Sabita ist trotzdem verletzt. Es hat also nicht funktioniert", beendete Mala seine Erzählung.

Felix schlug gegen die Tasche, die immer noch über seiner Schulter hing. „Nein, hat es nicht!", murrte er.

Fritzi schnipste nervös mit den Fingern. „Wenn es sowieso nichts bringt … könntest du dann vielleicht mit dieser Rumhüpferei aufhören?"

Felix sog hörbar Luft ein. „Würde ich ja gern, aber ich kann es irgendwie nicht stoppen", gab er leise zu.

Die Freunde schauten sich mit großen Augen an.

Plötzlich bemerkte Alva Rodrigo, der ein Stück weiter weg gelandet war. Er schlug wild mit den Flügeln und hüpfte aufgeregt hin und her. Außerdem hatte er etwas im Schnabel. Trug er jetzt etwa Handtasche? Oder eher Schnabeltasche?

Sie ging schnell zu ihm. Hoheitsvoll legte der Vogel ihr eine kleine Plastikkapsel vor die Füße.

„Bitte! Du hast gesagt, ich darf sie nicht mehr auf dich werfen!", erklärte er.

Alva hob wortlos die Kapsel auf, ohne Rodrigo aus den Augen zu lassen.

„Ah, heute war Fußball. Du hast wieder keine Ahnung! Na dann: Willkommen im Gestern!“, schnarrte er und stolzierte in die Wiese.

KAPITEL 23

KÖNIGINNEN DER LÜFTE

Während Alva zu ihren Freunden zurückging, öffnete sie die Kapsel.

Mala beobachtete Rodrigo, der laut krähend am Rand der Wiese herumstolzierte. „Was war das denn?", wollte sie wissen.

Alva entrollte einen kleinen Zettel. „*Wir erleben die gleichen Stunden und Tage ständig wieder. Immer wenn die Zeit sich verschiebt, vergessen wir alles!*", las sie vor und ließ überrascht den Zettel sinken.

Felix schnappte hörbar nach Luft. „Ich weiß nicht, ob ich

die Nachricht an sich unheimlicher finde oder dass sie euch von einem dressierten Vogel gebracht wurde“, bemerkte er leicht verwirrt.

Alva lachte kurz auf. „Glaub mir, der ist alles andere als dressiert!“ Sie gab den Zettel weiter an Fritzi.

Till fing sein Jo-Jo. „Okay, wir wussten also schon mal von den Zeitsprüngen“, fasste er zusammen.

Mala tippte sich nachdenklich mit dem Finger auf die Nase. „Richtig! Aber viel spannender ist doch die Frage …“, sie drehte sich zu Felix um, „… warum kannst du sie nicht stoppen?“

Felix scharrte nervös mit dem Fuß im Kies. „Ich weiß es nicht“, fing er an. „Ich hänge da irgendwie fest. Jedes Mal, wenn ich darüber nachdenke, wie ich Sabita …“

Till unterbrach ihn. „Nicht aufregen. Alles wird gut! Wir finden eine Lösung! Jetzt bloß keinen Zeitsprung“, redete er beruhigend auf Felix ein.

Jonas lachte. „Super! Genauso gut könntest du ihn bitten, nicht an rosa Elefanten zu denken! Das funktioniert auch nie“, murrte er und rief plötzlich aufgeregt: „Hey, das ist es!“

Fritzi stöhnte: „Bitte lass die Lösung nicht rosa Elefanten sein. Wo sollen wir die denn so schnell herkriegen?“

Jonas grinste. „Quatsch, nein, keine Elefanten. Aber vielleicht sollten wir Felix total aufregen. Dann kann er noch mal zurückspringen und die Sache ungeschehen machen."

Felix fiel vor Schreck seine Sporttasche von der Schulter. „Was?", hakte er fassungslos nach.

Mala holte tief Luft. „Langsam! Lasst uns das erst mal in Ruhe durchdenken", schlug sie vor.

Alva überlegte. Ein absichtlich herbeigeführter Zeitsprung. Wäre das die Lösung? „Wir würden alles wieder vergessen", erklärte sie. Ihr Blick fiel auf den kleinen Zettel in Fritzis Hand. Sie deutete zu Rodrigo, der immer noch am Rand der Wiese hin und her hüpfte. „Vielleicht sollte ich mich bei ihm erkundigen, wie unsere Erinnerungspost funktioniert", überlegte sie.

Fritzi reichte ihr den Zettel und flüsterte kaum hörbar: „Schau dir die Rückseite an!"

Während die anderen über die Möglichkeit eines weiteren Zeitsprungs diskutierten, ging Alva erneut rüber zu Rodrigo.

Unterwegs entdeckte sie das Gedicht auf der Rückseite des Zettels. Es kam ihr merkwürdig vertraut vor.

Als sie sich Rodrigo näherte, hörte sie wild durcheinanderfiepende Schnecken.

„Er hat schon wieder genickt! Hurra!"

„Super, zweimal heißt versprochen!"

„Ganz sicher bringt er es uns bei!"

Eine ganz kleine, besonders aufgeregte Schnecke protestierte:

„Das geht doch nicht! Wir sind nicht wie er!"

„Rodrigo? Was ist hier los?", wollte Alva wissen.

Die Krähe steckte den Kopf unter den Flügel. ***„Es ist total ermüdend! Nie erinnerst du dich an irgendwas, und DU hast mir versprochen, DABEI zu helfen!"***, beschwerte er sich aufgebracht.

„Falls du die Zeitsprünge meinst, da bin ich voll informiert", unterbrach Alva sein Gejammer.

„Hurra! Licht am Ende des Tunnels", schnarrte Rodrigo beleidigt.

„Aber hier …" Alva zeigte auf die Schnecken. „… hier bräuchte ich vielleicht noch ein klitzekleines bisschen Erklärungshilfe!"

„Die sind total hin und weg von mir", behauptete die

Krähe und stolzierte noch einmal vor den wirklich begeistert fiependen Schnecken auf und ab. Dann drehte Rodrigo sich abrupt zu Alva. *„Aber sie nerven! Du wolltest sie verschwinden lassen! Versprochen ist versprochen!“*, verlangte er.

„Verschwinden lassen? Wohin denn?“, wunderte sie sich. Rodrigo, nicht an Einzelheiten des Plans interessiert, antwortete schnippisch: *„Mir total schnups-pups-egal! Hauptsache, sie sind weg!“*

Alva ging in die Hocke, um sich besser auf die hohen Stimmen der Schnecken konzentrieren zu können. Und plötzlich verstand sie, warum die Schnecken Fans von Rodrigo waren.

Um nicht laut loszulachen, presste sie die Lippen fest aufeinander und erhob sich langsam. „Du hast versprochen, ihnen das Fliegen beizubringen?“, fragte sie Rodrigo.

„WAS? Ich versteh die doch gar nicht!“, regte er sich auf und krächzte heiser in Richtung der Schnecken, die erschrocken zurückwichen.

„He, Angst machen gilt nicht“, schimpfte Alva und war überrascht, als Rodrigo brav seinen Schnabel schloss und ein kleines Stück von den Schnecken weghüpfte.

„Die lügen! Wir sprechen doch nicht mal dieselbe Sprache!“, regte er sich auf. Er deutete mit seinem Schnabel auf den Zettel. *„Du schreibst das übrigens jedes Mal ab, packst den Zettel wieder in die Kapsel, und ich flieg damit rüber aufs Festland“*, erklärte er und linste leicht panisch rüber zu den Schneckis. *„Und mach schnell, bevor meine Fans völlig ausrasten!“*

„Das hast DU verbockt. Die Schnecken haben dich gefragt, DU hast genickt, und versprochen ist versprochen.“ Alva suchte in ihrer Tasche nach Stift und Papier.

„Ja und? Das sind flügellose Schleimkugeln! Nichts an denen sagt: ‚Und nun flieg!‘“, regte sich Rodrigo auf.

Alva zuckte ratlos mit den Schultern, während sie schrieb. Die Krähe hatte recht. Wie die Königinnen der Lüfte sahen sie wirklich nicht aus.

„Wir könnten ein Katapult bauen“, schlug Rodrigo vor.

Alvas Augen sausten vom Papier zur Krähe. „Hast du sie noch alle?“, fragte sie kopfschüttelnd. Sie kritzelte schnell die letzte Zeile: *Findet, wer sich nach Vergebung reckt.*

Rodrigo sah fast ein bisschen verzweifelt aus. „Uns fällt sicher etwas Besseres ein“, versprach Alva.

„MIR fällt vielleicht was Besseres ein! Denn DU vergisst ja gleich wieder alles“, maulte die Krähe beleidigt.

Genervt rollte Alva den kleinen Zettel zusammen, packte ihn in die Kapsel und legte sie vor Rodrigo. Er schnappte mit dem Schnabel die Schlaufe der Kapsel und flog weg. Alva sah ihm hinterher. Hatte sie sich zu sehr über ihn lustig gemacht? Würde sie sich wieder bei ihm entschuldigen müssen? Entschuldigen …

Findet, wer sich nach Vergebung reckt.

Die Zeile aus dem Gedicht.

Felix war der, der sich nach Vergebung reckte …

Und plötzlich verstand sie! Die Lösung war keine erneute Zeitschleife.

Alva rannte los und wedelte mit dem Stück Papier.

„Wartet! Noch nicht! Mir ist etwas eingefallen!“, rief sie schon von Weitem.

Vier Augenpaare schauten sie erwartungsvoll an. Nur Jonas fehlte. Er saß mit angezogenen Beinen auf der Parkbank. Den Kopf hatte er so weit in seinen verschränkten Armen vergraben, dass nur sein buntes Feder-Haar rausblitzte.

„Was hat er?“, fragte Alva.

„Ihm ist gerade klar geworden, dass nach Nicht-Insel-Zeit das Schulfest morgen Nachmittag stattfinden soll“, erklärte Mala.

Alvas Augen weiteten sich vor Entsetzen. „Wir sind so weit von der eigentlichen Zeitlinie entfernt?“, fragte sie fassungslos.
Felix nickte zerknirscht.
Alva fragte: „Gleichen sich die Zeiten wieder an, wenn wir das Problem mit den Sprüngen klären?“
Er biss sich nachdenklich auf die Lippe. „Ich denke schon“, antwortete er schließlich.
Alva bemühte sich, ruhig zu bleiben. „Du musst dich einfach nur entschuldigen“, sagte sie.
Felix schaute sich schuldbewusst um. „Es tut mir echt leid …“ Er drehte den Kopf zu Jonas auf der Bank. „… auch das mit dem Schulfest!“
„Doch nicht bei uns! Bei Sabita!“, unterbrach ihn Alva ungeduldig.

KAPITEL 24

OVER AND OUT

Felix wusste, dass Sabita die Nacht auf der Krankenstation verbringen musste. Die Schulärztin ließ auch nicht mit sich verhandeln und vertröstete sie auf morgen. Felix versprach, zu erzählen, falls ihm nachts ein Missgeschick mit der Zeit passieren würde.

Doch der nächste Morgen war tatsächlich der nächste Morgen. Und alle konnten sich noch an den Plan, den sie gestern zusammen geschmiedet hatten, erinnern.

Damit sie alle in Verbindung bleiben konnten, hatte Jonas die Funkgeräte aus dem Physiklabor geholt.

Bis die Schule anfing, war noch ein bisschen Zeit. Alva saß auf einem der Findlinge vor dem kleinen Häuschen, in dem die Krankenstation untergebracht war. Einen Stein weiter saß Mala. Dank Felix wussten sie, dass Sabita noch vor dem Unterricht entlassen werden würde. Jetzt ging er nervös auf und ab.

Außerhalb der Insel war es Samstag. Der Tag, an dem eigentlich das Schulfest stattfinden sollte.

Das Funkgerät in Alvas Händen knisterte und rauschte. Dann hörte sie die verzerrte Stimme von Jonas: *„Adler an Stummfisch! Adler an Stummfisch!"*

Sie drückte den kleinen schwarzen Knopf an dem Gerät, damit sie sprechen konnte. *„Ich will nicht Stummfisch sein!"*, beschwerte sie sich. Kein Kommentar von Jonas. Ach ja, sie hatte was vergessen. Sie drückte noch einmal auf die Sprechtaste. *„OVER!"*

„Das passiert aber, wenn man sich keinen Decknamen aussucht! Over!"

Eine andere Stimme meldete sich. *„ADLER! Hast du mein Funkgerät eingeschaltet, bevor du gegangen bist?"*, schnauzte Till verschlafen aus dem Apparat.

Lange Pause.

„Du hast OVER vergessen", maulte Jonas beleidigt.

„Du hast einen Knall. OVER!", schnauzte Till. Er teilte Jonas' Begeisterung für die Mission offenbar nicht.

„Adler an alle! Adler an alle! Neindanke *ist heute stinkig! OVER"*, informierte Jonas über Funk.

Alva grinste vor sich hin. Jonas zog das echt durch. Gestern, im großen Planungschaos, wollten sich Alva und Till keine Decknamen ausdenken. Deshalb war sie stumm wie ein Fisch geblieben und er hatte nur „Nein, danke!" gesagt. Das hatten sie nun davon.

„Adler ruft Schauer-Chefin! Adler ruft Schauer-Chefin", quäkte es. Alva reichte das Funkgerät an Mala. „Da bist du gemeint", bemerkte sie grinsend.

„Sind auf Position. Over and out", meldete Mala. Sie schaute Felix an, der nervös auf und ab ging. „Hoffentlich klappt es!", sagte sie zweifelnd.

Alva nickte angespannt. Fritzi und Jonas waren auf dem Weg zu Herrn Petrulla. Sie würden behaupten, noch Material für das bevorstehende Sonnensystem-Projekt einkaufen zu müssen.

Felix unterbrach seine nervösen Runden. „Und wenn es nicht funktioniert?", fragte er aufgeregt.

Alva hoffte, zuversichtlich zu klingen. „Das wird schon!", sagte sie aufmunternd.

Das Funkgerät knackste. *„Der Adler verlässt das Nest. Over!“*
Mala und Alva wechselten einen verblüfften Blick.
Wahnsinn! Jonas und Fritzi hatten es wirklich geschafft. Sie hatten den Tagescode für das Tor und waren auf dem Weg zum Festland.
Felix deutete auf das Funkgerät. „Waren das Jonas und Fritzi?“, wollte er wissen.
Mala nickte. Felix schaute hektisch von einer zur anderen. „Warum gehen die zwei noch mal aufs Festland?“, fragte er.
Alva wünschte, er wäre weniger hibbelig. „Da kommt eine Lieferung für das Schulfest, die Herr Petrulla nicht reinlassen würde“, erklärte sie Felix.
Er schien sich wieder zu erinnern. „Ah, schlau! Herr Petrulla öffnet aber das Tor, wenn sich Fritzi oder Jonas melden“, fiel ihm ein.
„Genau!“, bestätigte Alva. „Und es wäre echt premium, wenn du es DAVOR schaffst, die … Zeiten wieder irgendwie anzugleichen. Sonst fährt der Laster nicht nur vom Festland auf die Insel, sondern auch von Samstag früh nach letzte Woche!“
Das Funkgerät knackte und fiepte erneut. Dann meldete sich Till. *„Bin auf dem Weg zum Sekretariat … Over!“*

Felix hatte die Meldungen aufmerksam verfolgt. „Und was macht Till im Sekretariat?“, wollte er wissen.
Alva ließ das Funkgerät sinken. „Er lenkt Herrn Petrulla davon ab, Herrn Bommer zu fragen, warum er so kurz vor dem Unterricht Kinder aufs Festland schickt.“
Mala hob auf einmal den Arm und deutete zur Tür des kleinen Häuschens. „Da ist Sabita!“, rief sie.
Alva stand auf und nickte Felix zu. „Dein Einsatz“, meinte sie aufmunternd. Sie gingen gemeinsam Sabita entgegen.
Die musterte die kleine Gruppe verwundert. „Ein Empfangskomitee?“, fragte sie belustigt.
Mala stieß Felix mit dem Ellbogen an.
„Äääääähm, ja“, stammelte er.
Sabita lachte leise. „Wie schön!“
Aus dem Funkgerät war ein ganz aufgeregter Jonas zu hören: *„Dahinten! Er kommt! Der Lastwagen kommt!“*
Alva nickte Felix zu. „Jetzt mach schon!“, flüsterte sie hektisch.
„Also, ich … ja … es … tut mir leid“, murmelte der Zeitrüttler kaum hörbar.
Sabita verschränkte die Arme. Ihr blau leuchtender Gips wirkte wie eine Anklage. „Du meinst wegen deiner Tasche und meinem gebrochenen Handgelenk?“, fragte sie.

Felix starrte wortlos auf den Gipsverband.
Jonas brüllte aus dem Funkgerät: *„Leute, beeilt euch, er ist gleich da!“*
Alva drückte die Sprechtaste. *„Wir sind dran!“*, wisperte sie, während Mala Felix stinkig musterte. „Was soll denn das gewesen sein?“, brummte sie.
Felix wurde rot wie eine Tomate. „Eine Entschuldigung“, zischte er.
Sabita drehte sich weg, um frühstücken zu gehen. Alva erwischte sie gerade noch am Saum ihres T-Shirts. „Bleib doch noch“, bettelte sie.
Jonas tönte verzweifelt aus dem Funkgerät. *„Macht jetzt endlich! Der Lieferwagen ist schon auf der Zufahrt zum Tor!“*
Alva biss sich nervös auf die Lippe. Sabita drehte sich wieder zu den anderen zurück.
Mala fuhr Felix an. „Mir gehen die Löcher in meinen Socken mehr zu Herzen als diese lahme Entschuldigung!“
Jonas schrie ins Funkgerät. *„LEUTE!“* Das typische Zischen und Quietschen eine Lastwagenbremse war zu hören.
Alva nickte Felix aufmunternd zu.
„Es tut mir leid, dass ich dich verletzt habe“, sagte Felix und starrte jetzt den Boden vor Sabitas Füßen an.
Über das Funkgerät hörte man Jonas mit der Fahrerin des

Lastwagens reden. Alva hatte das Gefühl, gleich zu explodieren. Felix' Entschuldigung fehlte wirklich jede Reue. Auch Mala schoss wütende Blicke wie kleine Pfeile in seine Richtung.

Sabita zuckte mit den Schultern. „Okay!", meinte sie.

Niemand sagte ein Wort, nur Jonas war über Funk zu hören, wie er die Fahrerin anbettelte, bitte, bitte noch kurz zu warten.

Alva traute sich kaum zu atmen. Ihre Aufmerksamkeit sprang zwischen Felix und Sabita hin und her.

Und auf einmal hob er den Kopf „Nein!", sagte er bestimmt. „Es ist nicht okay! Und es tut mir auch wirklich, wirklich unendlich leid. Wenn ich könnte, würde ich es ungeschehen machen …", klagte er und sah total bedröppelt aus.

Sabita ging einen Schritt auf ihn zu. „Hey, es ist echt in Ordnung. Du hast es ja nicht mit Absicht gemacht!"

Alva sah, wie Felix sich unbehaglich wand. „Doch! Es war mit Absicht", gab er tonlos zu. Dann stammelte er: „Aber … ich wollte wirklich nicht, dass du dir die Hand verletzt … ehrlich … das musst du mir glauben … ich würde es ungeschehen machen, wenn ich könnte. Es tut mir sooo leid …"

Alva atmete erleichtert auf.

DAS war wirklich eine gute Entschuldigung.

Ihr Kopf begann, vor Freude zu wummern.

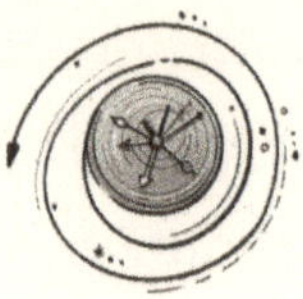

ZAAAAAAAAAAAAAAAAAAAAAAAAAAAPP!

KAPITEL 25

DER ADLER ZÄHLT AUF DICH

Alva rekelte sich in ihrem Bett. Endlich Wochenende. Irgendwie war das Schulprojekt mit Herrn Bommer echt anstrengend gewesen. Anders konnte sie sich nicht erklären, warum sie so schlapp war.
Langsam drehte sie sich auf die Seite. Im Nachbarbett saß Fritzi und las. „Guten Morgen“, murmelte sie, ohne von ihrem Buch aufzuschauen.
„Morgen“, gähnte Alva und streckte sich. Im nächsten

Moment schnellte sie nach oben. „Heute ist Schulfest!“, jubelte sie.

Fritzi warf ihr einen prüfenden Blick zu und entschied: „Okay, du weißt tatsächlich rein gar nichts mehr!“

„Was?“, fragte Alva verwundert.

Fritzi legte ihr Buch zur Seite. „Erinnerst du dich noch an das Fußballspiel vor ein paar Tagen?“, erkundigte sie sich.

Alva nickte und Fritzi fuhr fort: „Das hast du mindestens zweimal erlebt. Einmal davon gestern!“

Alva gähnte erneut. „Träumst du noch, oder was redest du für wirres Zeug?“, murmelte sie.

Da begann Fritzi, von Sabitas Verletzung, Felix’ Zeitsprüngen und von ihrem Plan mit der Entschuldigung zu erzählen.

„Boah“, maulte Alva, als Fritzi geendet hatte. „Und ich kann mich an nichts von alledem erinnern?“ Sie musterte ihre Mitbewohnerin neugierig. „Warum weißt du das alles?“

„Ich war mit Jonas draußen auf dem Festland. Wir mussten einen Lastwagen abfangen“, erklärte Fritzi grinsend.

Alva rieb sich verschlafen die Augen. „Ihr habt einen Lastwagen abgefangen?“, wiederholte sie kopfschüttelnd.

Fritzi nickte und Alva ging in Gedanken die letzten Tage durch. Doch irgendwie stoben nur konfuse Erinnerungsfetzen durch ihr Gehirn. Wie nach einem verrückten Traum tauchten Bilder von bunten Bäumen, einem Hai im Aquarium, Rodrigo, umringt von Schnecken, Radfahren auf der Brücke, Eis und Brause-Ufos auf und verblassten sofort wieder.

Fritzi stand auf. „Während du dein Gedächtnis sortierst, solltest du dich anziehen. Jonas braucht unsere Hilfe. Das Schulfest-Team hat all seine Zeit für die Vorbereitungen verloren. Ich geh jetzt zu Mala und Lenni und erzähl den ganzen Sums noch einmal."

Kurze Zeit später trafen sich ganz viele Kinder mit erwartungsvollen Gesichtern auf dem Hof vor der Schule. Jonas hatte statt seiner Haare inzwischen nur noch einen wunderschön bunten Federschmuck auf dem Kopf. Nervös zog er einen kleinen zerknitterten Block aus der Hosentasche. Er riss einzelne Zettel ab und verteilte sie an Ben und Paul. Sie besprachen sich kurz. Dann nickte Ben

und schnappte sich Fritzi und ein paar andere Kinder. Gemeinsam gingen sie in Richtung Mensa. Paul hielt Jonas seinen kleinen Zettel hin. „Was bedeutet ‚Ptankuschken ustpemmen'?“, wollte er wissen.
Jonas schaute auf den Zettel. „Du Nase, das heißt ‚Planschbecken aufpumpen'“, erklärte Jonas.
Tabea und Lola sprangen auf. „Da helfen wir mit“, riefen sie. Das Team Planschbecken verschwand ebenfalls. Jonas verteilte noch ein paar Zettel. Es wurden immer weniger Mädchen und Jungen auf dem Schulhof. „Mala und Till! Ihr wisst, was ihr zu tun habt?“, fragte Jonas.
Alva drehte sich zu den beiden um. „Habt ihr einen Geheimauftrag?“, wollte sie wissen.
Till zeigte auf Mala und meinte nur: „Nicht wirklich, aber es wird Sirup schneien!“
Mala lachte und meinte: „Das wird der größte Eisbecher der Welt und auch nicht mehr zu steil, um darauf Schlitten zu fahren!“ Gemeinsam mit Till schlenderte sie rüber zur Turnhalle.
„Lenni, kannst du bitte Lotte suchen? Wir brauchen sie dringend hier. Amelie und Nele auch?“, fragte Jonas.
Lenni stand auf, murmelte: „Kein Problem“, und machte sich auf den Weg.

„Und Niklas“, rief Jonas ihr hinterher.

Alva entdeckte drüben am Hügel bunte Plastikbündel. Sie erinnerten sie an die großen, weiß eingepackten Heuballen, die man sonst auf Feldern liegen sah. „Hat das auch mit dem Schulfest zu tun?“, wollte sie wissen.

Jonas warf nur einen kurzen Blick darauf und meinte: „Ja, ja. Ich hab die nur abladen lassen. Es war schon das totale Chaos, als die Lkw-Fahrerin den Eisberg entdeckt hat.“

Alvas Augen weiteten sich vor Entsetzen. „Und? Was hast du ihr erzählt?“, wollte sie wissen.

„Dass unser Kühlschrank kaputt ist“, antwortete Jonas grinsend.

Simon kam vorbeigeschlendert. „Hey, Sattler, so große Klappe, und ich seh noch gar kein Schulfest!“, rief er höhnisch lachend rüber.

Alva schnaubte verächtlich. „Hilf lieber mit, statt dich lustig zu machen!“, motzte sie zurück.

Simon hob beide Hände. „Nicht MEIN Fest!“, wetterte er und ging ungerührt weiter.

Alva sah ihm fassungslos nach. „So ein Dooftröterich!“

Dann fragte sie: „Und ich? Was kann ich machen?“

„Kannst du mein zweites Gehirn sein?“, wollte Jonas wissen und sank neben ihr auf die Bank.

„Muss ich da Federn tragen?“, erkundigte sich Alva schmunzelnd.

Jonas stupste sie müde in die Seite. „Nein, aber du wirst dein Tablet brauchen.“

Alva wollte sich kurz beschweren, wie peinlich das Gerät mit seiner pinken Schwimmnudelumrandung war, doch dazu war nicht die Zeit. Sie flitzte los, um es zu holen. Als sie wieder da war, diktierte ihr Jonas, was alles organisiert werden musste. Alva betrachtete die Liste. „Das ist noch ganz schön viel!“

Jonas nickte. „Vor allem, weil das Fest in spätestens fünf Stunden starten soll.“

„Du verstehst es echt, die Sache spannend zu machen“, brummte Alva.

Jonas überreichte ihr grinsend ein Funkgerät. „Wie auch immer! Der Adler zählt auf dich!“

„Welcher Adler?“, hakte Alva verwirrt nach, während sie den ersten Punkt auf der Liste las. „Wasserrutsche aufbauen? Wo soll die hin?“

Jonas zeigte auf die bunten Plastikballen am Hügel. „Dort drüben!“

Elwin kam mit Vincent und Moritz vorbei. „He, Jonas! Ist es ein unsichtbares Schulfest geworden?“, stichelte Elwin.

Bevor Jonas irgendetwas sagen konnte, zeigte Alva auf die drei. „Super, ihr kommt gleich mal mit", kommandierte sie.

Ihre strenge Miene ließ keinen Widerspruch zu. Elwin und seine Freude verdrehten zwar die Augen, doch sie folgten Alva, ohne zu motzen.

Am Hügel angekommen, las Alva die Bauanleitung, die an einem der riesigen Ballen hing. Okay, das dürfte nicht so schwer werden. „Elwin! Wir brauchen etwas Großes, das fliegen kann", fing sie an und untersuchte die Spanngurte an den Ballen. Hinter ihr erhob sich mit fauchendem Grollen ein gigantischer Drache. Kaum war Elwin verwandelt, senkte er den Kopf, um ebenfalls auf die Bauanleitung zu schauen. Alva musterte den schnaubenden Drachenkopf neben sich. „Wehe, du fackelst irgendetwas ab", drohte sie.

Das grollende Glucksen des Drachen hörte sich an, als würde er lachen. Vincent öffnete den ersten Spanngurt, Elwin griff mit seinen Krallen die Schlaufen der dicken Plastikbahn und zog sie über den Hügel nach oben. Der bunte Ballen wickelte sich blitzschnell auf. Elwin landete und Moritz befestigte die Bahn mit riesigen Zeltheringen im Boden. Dann hob Elwin wieder ab, um sich die nächste

Plane zu schnappen. Zwei Helfer kamen vorbei und vertieften sich in die Bauanleitung für das Schlauchsystem. Alva winkte ab. „Das müsst ihr nicht aufbauen. Sagt einfach nur Mala Bescheid", erklärte sie und hakte zufrieden den ersten Punkt ab. „Wasserrutsche aufbauen: läuft!"

Was kam als Nächstes? Alva ging hinter der Mensa vorbei, wo Tabea zusammen mit Paul ein wirklich gigantisches Planschbecken aufpumpte. Neben ihnen war Niklas damit beschäftigt, kleine Brause-Ufos in große zu verwandeln. In der Küche rührten Kinder auf Hockern in riesigen, dampfenden Kochtöpfen. Frau Sanders, die Köchin, stand dabei und hatte alles im Blick. Fritzi streute ein Pulver in hohe Plastikkannen. Die Flüssigkeit wurde giftgrün. Ben schnappte sich eine Kanne, kletterte auf einen der Hocker am Herd und goss das leuchtend grüne Zeug in den brodelnden Kessel.

Alva schaute sich überrascht um. „Wunderbar! Ihr braut …", suchend wanderte ihr Finger die Liste nach unten, „… Zaubertrank?", fragte sie verwirrt.

„Wackelpudding", verbesserte Fritzi sie grinsend.

„Perfekt!", bemerkte Alva und strich den Punkt auf ihrer Liste. Dann las sie weiter und musterte zweifelnd die großen Töpfe. „Und wie kriegt ihr das Zeug bis heute Nachmittag kühl?", fragte sie.

Fritzi deutete über ihre Schulter.

Ben baute gerade zusammen mit Herrn Hagenbusch die Stromversorgung der Kühlkammer um. Er zog seine Isolier-Handschuhe an und steckte etwas fest. Funken stoben aus dem Schaltkasten. Herr Hagenbusch schnappte sich eine Isolierzange. „Warte, ich helfe dir kurz", sagte er. Gemeinsam werkelten sie weiter, bis auf einmal die Kühlkammer aufgeregt zu brummen begann. „Wir fahren das Ding auf Nordpol-Niveau runter", rief Ben Alva zu.

Das Funkgerät in ihrer Hand begann zu knistern. *„Adler an Stummfisch. Adler an Stummfisch!"*, war Jonas' Stimme zu hören. Fritzi rief grinsend: „Stummfisch bist du!"

Alva drückte die Sprechtaste. *„Ja?"*, fragte sie verwundert in den Apparat.

„Kannst du ganz schnell rüber zum Schloss kommen? Hier läuft etwas total schräg!"

Alva war sich nicht ganz sicher, ob die dampfende, funkenschlagende Küche noch zu toppen war.

KAPITEL 26

KÜHE, DIE SCHLITTSCHUH LAUFEN

Als Alva auf den Vorplatz des Schlosses gerannt kam, bot sich ihr ein wirklich seltsames Bild. Rodrigo jagte Jonas um den Springbrunnen. *„Bleib jetzt stehen! Ich hab dich was gefragt! WO IST SIE? Hmmmm? WO?“*, kreischte der Vogel dabei.
Jonas drehte sich im Laufen um und versuchte, die Krähe fortzujagen.
Rodrigo wurde noch wütender. *„Mach nicht schschsch!*

Ich bin keine Taube, die man wegscheuchen kann", regte er sich auf und hackte nach Jonas.
Irgendwo im Gras mussten jede Menge Schnecken hocken. Alva konnte ihr mehrstimmiges Fiepen hören, mit dem sie Rodrigo anfeuerten. Warum sie das taten, war ihr allerdings ein Rätsel.
Amelie und Felix standen ein Stück abseits und beobachteten erstaunt das Spektakel.
Entschlossen stellte sich Alva Rodrigo in den Weg. Er bremste flügelschlagend ab. Sie musterte den Vogel verblüfft. „Was wird das hier?", wollte sie wissen.
Rodrigo legte den Kopf schräg, und Alva kam es fast so vor, als würde er sie anblinzeln. *„Da bist du ja endlich"*, krächzte er aufgebracht und deutete mit seinem Schnabel zu den johlenden Schnecken. *„Sag ihnen, sie sollen mich gefälligst in Ruhe lassen"*, verlangte er.
Alva, die immer noch nicht wirklich verstand, worum es ging, konzentrierte sich auf die begeisterten Rufe der Schnecken:

„Wir werden fliegen!"

„Hurraaaaa! Heute ist es so weit! Wir heben ab!"

„Ich bin soooo aufgeregt! Es geht nach oben!"

Alva setzte sich überrascht auf den Rand des Brunnens

und legte ihr Tablet neben sich ab. „Wie kommen die drauf, dass sie fliegen können?“, erkundigte sie sich verwundert bei Rodrigo.
Er stolzierte ein Stück auf sie zu. *„DU hast es ihnen versprochen!“*, antwortete er vorwurfsvoll.
„Ich?“, vergewisserte sich Alva überrascht. Warum hatte sie denn so etwas gemacht?
Aus den Augenwinkeln sah sie, wie Amelie eine Blase um Jonas spannte und er langsam abhob.
Eine Schnecke piepste aufgeregt:

„Schaut, der Vogel mit den wenigen Federn kann es auch.“

Alva beobachtete begeistert, wie Jonas in seiner Blase über den Platz schwebte. Es jubelte vom Wiesenrand aus:

„Der Geschnäbelte bringt alles in die Lüfte.“

Alva musterte Rodrigo. „Kann es vielleicht sein, dass DU den Schnecken versprochen hast, ihnen das Fliegen beizubringen?“, fragte sie stinkig.
Rodrigo hielt den Kopf schräg und starrte mit einem Auge auf den Boden. *„Du ... Ich ... wen kümmert das schon?“*, schnarrte er vor sich hin. Er breitete seine Schwingen aus und flatterte neben Alva auf den Brunnenrand. Sie wich erschrocken zurück.

PLATSCH!

Alva schloss verzweifelt die Augen und hoffte, dass sie nicht gerade ihr Tablet in den Brunnen gestoßen hatte. Doch da hörte sie Rodrigo krächzen: ***„Mann, ich dachte, das Ding könnte besser schwimmen!“***

Alva riss die Augen auf und starrte in den Springbrunnen. „Oooooooh, nein, nein, nein, nein!“, stammelte sie. Sie kniete sich auf den Rand des Brunnens und fischte das Gerät aus dem Wasser. Das durfte jetzt aber echt nicht wahr sein. Sie schlug die Hände vors Gesicht und rief: „Neeeeeiiiinn!“

In ihrem Kopf begann es zu pulsieren.

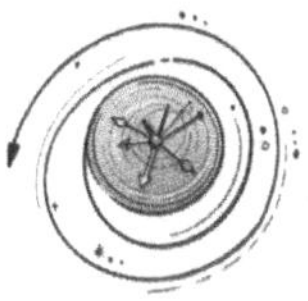

Rodrigo breitete seine Schwingen aus und flatterte neben Alva auf den Brunnenrand. Sie wich erschrocken zurück. Auf einmal stand Felix neben ihr. Er war wie aus dem Nichts aufgetaucht und hatte ihr Tablet in der Hand. „Es wäre fast in den Brunnen gefallen“, erklärte er und gab ihr das Gerät zurück.

„Danke!", rief Alva und schaute sich erleichtert um. Was für eine Katastrophe, wenn ihr das Tablet ins Wasser gefallen wäre ... Alva stockte. Irgendwie hatte sie den Faden verloren. Hatte sie nicht eine Idee wegen der fliegenden Schnecken gehabt? Ah, ja, genau. Sie klemmte ihr Tablet unter den Arm und ging zu Amelie. „Könntest du mir bitte ganz kurz helfen?", fragte sie.

Amelie nickte und begleitete Alva zum Rand der Wiese. Rodrigo stolzierte sofort neugierig hinterher.

Alva zeigte auf die Schnecken. „Kannst du die fliegen lassen?", fragte sie Amelie.

„Klar!", sagte Amelie und senkte ihre Hände auf die Tiere. Angsterfülltes Geschrei erhob sich.

„Stopp! Sie fürchten sich", erklärte Alva und zog Amelies Hände schnell zurück. Wie konnte sie den Schnecken klarmachen, dass das Mädchen zum Fliegen dazugehörte? Rodrigo schritt hoheitsvoll an den Schnecken vorbei.

„Eher lernt eine Kuh Schlittschuh fahren, als dass die fliegen!", schnarrte er.

Alva blitzte ihn böse an. „Du bist nicht hilfreich!", murmelte sie.

Amelie formte inzwischen mit ihren Händen eine kleine Blase und ließ sie aufsteigen, als wollte sie den Schnecken zeigen, dass man davor keine Angst haben musste. Das mehrstimmige *„Uuuuuuiiiii!“*, *„Aaaaaah!“* und *„Oooooh!“* der Kriechtiere klang vielversprechend. Doch kaum bewegten sich Amelies Hände in die Nähe der Schnecken, wurden sie wieder total panisch.

Amelie ließ die Arme sinken. „So geht es nicht“, bemerkte sie ratlos und fragte: „Kannst du ihnen nicht sagen, dass es harmlos ist?“

Alva schüttelte den Kopf. „Ich kann doch nicht mit Tieren sprechen!“, betonte sie und hatte auf einmal eine Idee. „Rodrigo? Kannst du unser Vorführmodell sein?“, fragte sie.

Die Krähe musterte sie lange. Sehr lange. *„Nein!“*, entschied sie dann und stolzierte ein Stück weg.

„Rodrigo! Komm schon!“, hakte Alva nach.

„Auf gar keinen Fall! An mir wird nichts vorgeführt!“, regte sich Rodrigo auf.

„Jetzt stell dich nicht so an“, schimpfte Alva genervt. „Immerhin löse ich hier DEIN Problem!“

Dann nickte sie Amelie zu.

Das Mädchen hielt die Hände über Rodrigo und zog sie langsam nach unten. Zwischen ihren Händen bildete sich eine Seifenblase.

„Ich KANN aber SELBST fliegen", motzte Rodrigo weiter. Alva sagte unbeeindruckt: „Ich kann auch gehen und setze mich manchmal trotzdem in ein Auto!"

„Ja, und das sieht total bescheuert aus. Menschen in Dosen!", nörgelte Rodrigo und pickte wütend in Richtung der schillernden Haut, die ihn immer weiter umschloss. Amelie zuckte erschrocken zurück und die Blase verschwand.

Nun wurde Alva richtig sauer. „RODRIGO!", rief sie aufgebracht und blitzte ihn wütend an.

Beim nächsten Versuch blieb die Krähe ganz still. Kaum hatte Amelie die bunte Blase geschlossen, schwebte sie langsam mit dem wild rumhüpfenden Rodrigo darin nach oben. Alva konnte ihn nur noch ganz gedämpft schimpfen hören.

In der Zwischenzeit waren die Schnecken vom Rand der Wiese losgekrochen.

„Ich, ich, ich!"

„Nein, ich zuerst!"

„Halt! Schlange bilden! Ich steh vorne!"

Jede bekam ihre eigene Blase. Nach kurzer Zeit schwebten sie alle über den Platz. Ihr freudiges Quieken konnte man noch sehr gut durch die Blasen hören.

Alva bedankte sich bei Amelie. „Kann sein, dass du jetzt das neue Idol der Schnecken bist", warnte sie sie vor. Amelie zuckte mit den Schultern. „Das ist okay. Ich lass die gern immer wieder rumfliegen, wenn sie wollen!", meinte sie nur.

KAPITEL 27

SCHULFEST!

Was Alva nicht für möglich gehalten hatte, war ihnen zusammen geglückt. Sie waren rechtzeitig mit allen Vorbereitungen fertig geworden. Das Schulfest konnte pünktlich beginnen!
Alle Bäume auf dem Weg zum Platz vor der Schule sprühten Farben, als Alva zur Eröffnung ging. Rodrigo, wieder aus seiner Blase entstiegen, landete laut krächzend neben ihr. *„Was läuft bei euch schief?“*, beschwerte er sich, während er hüpfend versuchte, den Farbspritzern auszuweichen.

Alva beschloss, ihn nicht auf den fetten gelben Farbklecks auf seinem Kopf aufmerksam zu machen. „Wir feiern Schulfest", antwortete sie stattdessen.

„Na super, da bringe ich mich mal lieber in Sicherheit", motzte die Krähe und flatterte beleidigt davon.

Alva entdeckte Mala, die ihr entgegenkam. Sie klatschte anerkennend in die Hände. „Wow, du hast dich aber schick gemacht!", bewunderte sie ihre Freundin.

Mala trug eine goldene Weste, eine pinkfarbene Fliege und einen Frack. „Wir haben's geschafft und das Schulfest findet statt!", jubelte sie und drehte sich im Kreis.

Enttäuscht schaute Alva an sich runter. „Wie langweilig", murrte sie und zupfte an ihrem weißen T-Shirt.

Doch Mala hakte sich bei ihr unter. „Egal, was du trägst, wichtig ist doch, dass du Spaß hast", meinte sie.

Gemeinsam gingen sie weiter Richtung Schulhof.

Ein Fiepen pfiff über die Insel. Alva hielt sich erschrocken die Ohren zu. Ben und Paul testeten vor der Schule die Lautsprecher. Nachdem Ben ein paarmal „Eins, zwei, Test" in verschiedene Mikrofone gesprochen hatte, tönte Musik aus den Lautsprechern. Unwillkürlich wippte Alva im Takt mit.

Auf dem Schulhof trafen sie Till. Er hatte eine dicke Jacke

und eine Bommelmütze in der Hand. „Bist du auf dem Weg zum Wintersport?", fragte Alva grinsend.
„Nee, ich komme von da", erklärte er und zeigte rüber zum inzwischen bunten Eisberg. Dann schwärmte er: „Es ist sooo dermaßen der Hammer dort oben. Da liegt Schnee in acht verschiedenen Geschmacksrichtungen. Und Niklas hat Eiswaffeln und Kirschen vergrößert! Die Waffeln kann man als Snowboard oder Schlitten benutzen oder sie einfach nur anknabbern. Und die Kirschen ..." Er formte mit seinen Armen einen großen Kreis. „... die sind riesig!" Er sah kopfschüttelnd auf seine Uhr. „Ich kann's immer noch nicht glauben, dass wir es wirklich geschafft haben", sagte er.
Fritzi rollte auf ihrem Skateboard an. „Habt ihr das schon gesehen?", rief sie von Weitem und zeigte rüber zur Anhöhe. Dort prasselte aus dem Nichts ein Wasserfall in den Farben des Regenbogens auf die bunten Planen.
Alva blieb vor Begeisterung der Mund offen stehen. „An wie vielen Stellen lässt du es heute gleichzeitig regnen?", fragte sie Mala.
Die breitete die Arme aus. „Ich trage mein Dirigentinnen-Outfit nicht umsonst", antwortete sie lachend.
Immer mehr Kinder drängten auf den Schulhof. Mala

erspähte Lenni. Noch auf dem Weg zu ihr hörten sie, wie Direktor Franzen in ein Mikrofon pustete.
„Meine Lieben! Endlich ist es so weit“, fing er an. Tosender Applaus brach aus. Der Schulleiter drehte sich zur Seite und deutete auf die drei Jungs, die am Rand warteten. „Ich freu mich, euch die Organisatoren des diesjährigen Schulfests zu präsentieren“, rief er ins Mikrofon. Jonas, Ben und Paul kamen auf die Bühne. Ohrenbetäubendes Gejohle, Pfeifen und Klatschen begann. „Wuhuuuuu, Jonas! Yeah!“, rief Mala und die anderen applaudierten wie wild.
Der Direktor steckte das Mikrofon in einen Ständer, denn weder Paul, der magnetisch war, noch Ben, der Strom erzeugen konnte, sollte es anfassen.
„Wir, euer Schulfest-Team, möchten uns zuerst bei allen für ihre Mithilfe bedanken. Und außerdem freuen wir uns, jetzt das diesjährige Motto des Schulfests bekannt zu geben“, murmelte Paul und guckte dabei auf den Boden, als würden die Sätze dort geschrieben stehen. Es war ihm anzumerken, wie erleichtert er war, als er vom Mikrofon zurücktreten konnte und Ben das Reden übernahm.
„Es gab echt verrückte Diskussionen und …“, fing er an. Jonas trat zu ihm. „… leider durften wir keine Graffiti-

Party schmeißen!", schrie er ins Mikro und zeigte dabei auf Direktor Franzen.

Der hob lachend die Hände. „Und das wird auch nie passieren", rief er den Jungs zu.

„Doch jetzt …", fuhr Ben fort, „… wollen wir euch nicht länger auf die Folter spannen. Unser diesjähriges Schulfest startet unter dem Motto …"

Jeder von ihnen hatte plötzlich etwas in der Hand, das wie eine kleine Pappröhre aussah. Sie hielten sie in Richtung des Publikums. Jonas zählte leise: „Eins, zwei, drei." Dann drehten sie die Konfettikanonen und bunter Flitter schoss in das Publikum.

Gleichzeitig schrien sie: „FAN-FARB-TASTISCH!!"

Unzählige bunte Blubberblasen schwebten auf die johlende Menge nieder. Manche Blasen leuchteten. Andere waren riesig groß. Jonas, Ben und Paul drückten sich jeder in eine der Blasen und schwebten über die jubelnden Kinder.

Mala schrie: „Los, hinterher!" Sie schnappte sich die erste Blase. Till, Fritzi und Lenni waren auch schon unterwegs. Alva schob sich vorsichtig in eine bunt leuchtende Riesenblase. Sie sahen zwar aus wie Seifenblasen, waren aber viel fester. Es fühlte sich an, als würde sie durch einen

Plastikvorhang laufen und dann war plötzlich alles um sie herum bunt.

Und sie schwebte. Ein irres Gefühl.

Alva verstand überhaupt nicht, warum Rodrigo sich da so aufgeführt hatte. Es war gigantisch. „Ich kann fliegen!“, jubelte sie. Schnell hatte sie begriffen, dass sie die Blase mit ihren Füßen steuern konnte.

Alva folgte den anderen auf die Anhöhe. Hier stiegen sie aus ihren Blasen aus und sausten die Wasserrutsche nach unten. Es war unglaublich. Schnell spurteten sie noch einmal nach oben. Alva rannte fast in Felix hinein. „Alles klar?“, erkundigte sie sich.

„Ja, alles bestens“, antwortete er und drehte sich suchend um. „Hey, Sabita“, rief er nach oben zu dem Mädchen, das auf einem riesigen Papierflieger durch die Luft düste. „Kannst du mich mitnehmen?“, fragte er.

Sabita winkte zum Zeichen, dass sie ihn verstanden hatte. Ihr blauer Verband passte sogar zum Motto des Fests. Sekunden später landete sie den Flieger ein Stück weiter auf der Wiese. „Los, spring auf", rief sie Felix zu. Alva rutschte noch viele Male mit ihren Freunden die lange Wasserrutsche nach unten. Sie versuchten, zusammen in einer Schlange zu bleiben, doch spätestens auf der Hälfte der Strecke purzelten sie alle durcheinander. Als ihnen vor Lachen schon die Bäuche wehtaten, rannten sie zu den sprühenden Bäumen. Zwar stotterten die Farbfontänen ab und zu, doch das Wäldchen war wunderbar anzusehen. Lotte rannte zwischen den Baumstämmen hin und

her, um das Farbspektakel
immer wieder zu starten.
Alva und ihre Freunde tanzten
durch den Farbnebel, bis der
letzte Baum aufgehört hatte
zu spucken.
„Vielleicht schaffe ich es in einer
Stunde noch mal“, erklärte Lotte aus der Puste.
Jonas schnappte ihre Hand und zog sie hinter sich her.
„Genieß erst mal das Fest!“, rief er.

Kribbelbunt, als hätten sie in Farbeimern gebadet, und erschöpft gingen sie auf die Terrasse der Mensa. Dort gab es bunte Kuchen, rot-lila gestreifte Sandwiches mit Wackelaugen, blaue Würstchen mit gelb schimmernden Senfsternchen und Erdbeeren, die so groß waren, dass man beide Hände brauchte, um sie hochzuheben. Alva beobachtete Elwin, der mit weit aufgerissenem Mund in eine Riesenfrucht beißen wollte, als die plötzlich wieder – *POFFFFF* – normal groß wurde. Seine Zähne schnappten nur Luft. Verdattert schaute er die kleine Beere in seiner Hand an.

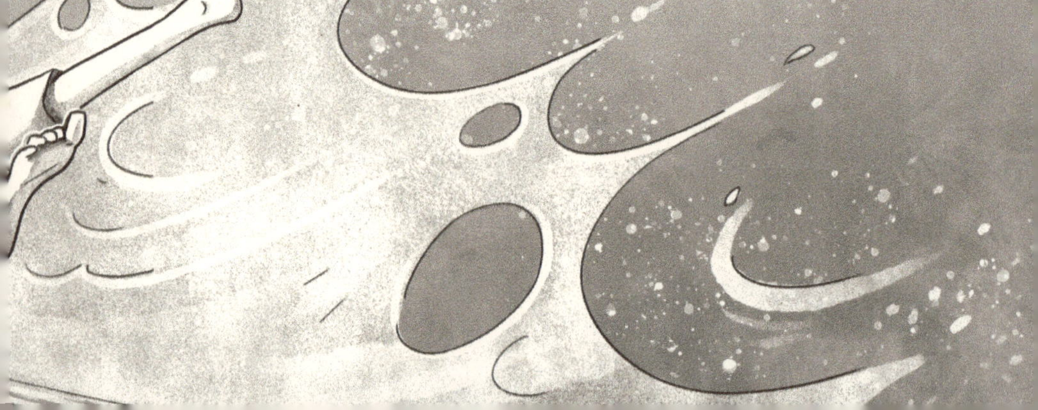

Alva und Mala entschieden sich für giftgrüne Brause mit Gummibärchen. Fritzi schöpfte sich pinkfarbenen Punsch, in dem kleine bunte Kügelchen schwammen. „Oooooh“, sagte sie, als sie den ersten Schluck genommen hatte. „Da sind Fruchtperlen drin!“

Till fischte ein paar der Bläschen mit dem Löffel aus seiner Tasse und ließ sie auf der Zunge zerplatzen. „Mmmmmh, Kirsche“, brummte er genießerisch.

Während sie aßen und tranken, sahen sie Kindern zu, die auf gigantisch großen Brause-Ufos Trampolin sprangen. Immer, wenn eines brach, landeten die Kinder kreischend in der Brause.

Alva hörte lautes Gegröle. „Was ist denn da los?“, fragte sie und reckte neugierig den Hals.

KAPITEL 28

BUNTE POPEL

Das Gelächter und Kreischen wurden noch lauter, als sie um die Ecke der Mensa bogen. Till blieb wie angewurzelt stehen. „Unglaublich, er hat es wirklich gemacht", rief er. Alva schob sich an ihm vorbei. Das riesige Planschbecken war nun mit blauer, grüner, roter und gelber Götterspeise gefüllt.

Mindestens zwanzig Kinder tobten darin herum.
Am Rand standen Herr Hagenbusch, der Hauslehrer der Jungs, und Herr Bommer. Während an Herrn Hagenbusch überall Wackelpudding klebte, schaffte es Herr Bommer mit seinem makellos weißen Hemd tatsächlich, jedem Spritzer auszuweichen.
„Wie viel tausend Liter Wackelpudding habt ihr denn gekocht?", fragte Till Fritzi anerkennend, als er plötzlich von einer Handvoll getroffen wurde. Ein Wackelpudding-Monster erhob sich aus dem Glibber und grölte: „Los, kommt rein! Es ist gigantisch!"
Erst an der Stimme erkannte Alva, dass es Jonas war. „Wo sind deine Federn?", fragte sie erstaunt.
„Weg!", rief er begeistert und zielte mit einer zweiten Handvoll Götterspeise auf Alva. Sie sprang kreischend zur Seite.
„Hey, ich seh da jemanden, der noch nicht getroffen wurde …", rief Till auf einmal und deutete unauffällig zu Herrn Bommer rüber.
Jonas stieg aus dem Becken und kam auf sie zu. „Meinst du?", fragte er mit leuchtenden Augen.
Till nickte. „Komm, zusammen!", sagte er und gemeinsam sprangen sie in den Pool.

Alva schaute aufgeregt zwischen Herrn Bommer und den Jungs hin und her. Sie wollte unbedingt sehen, ob ihre beiden Freunde sich wirklich trauten.
„He, auf was wartest du?“, rief ein anderes Kind aus dem Pool und bewarf Alva.
„Fritzi?“, wunderte sie sich, während die Götterspeise von ihrem T-Shirt tropfte.
„Muss ich dich erst holen?“, schrie Fritzi und stellte sich hin.
Plötzlich sprangen Till und Jonas neben ihr auf und rannten mit Händen voll klebrigem Wackelpudding los. Als sie an den Lehrern vorbeispurteten, schrien sie: „Angriff der Jelly-Monster!“, und feuerten auf Herrn Bommer. Sie umrundeten den sprachlos auf sein Hemd starrenden Lehrer und hüpften zurück in den Pool.
Herr Bommer funkelte den beiden wütend hinterher, während er die Götterspeise angeekelt mit den Fingerspitzen von seinem Hemd schnippte.
Alva hielt den Atem an.
Doch Herr Hagenbusch rettete die Situation. Als er sich vor Lachen fast wegschmiss, zuckten auch Herrn Bommers Mundwinkel. Er rang sich immerhin zu einem säuerlichen Lächeln durch.

Nun hielt Alva es keine Sekunde länger mehr aus! Sie nahm Anlauf und hüpfte in den Pool.
Uuuuuaaaaah. Es war kalt.
Es war nass.
Es war glibberig.
Es war sensationell!
Alva quetschte das Gelee durch ihre Hände. PLATSCH! Eine volle Breitseite Glibber traf sie am Hinterkopf. Sie schaufelte beide Hände voll, drehte sich um und warf. Zwar hatte sie keinen Vergleich, doch es war die beste Götterspeisenschlacht, die sie jemals erlebt hatte!

Alva wälzte sich wie ein Brummkreisel in ihrem Bett. Sie war viel zu aufgedreht, um zu schlafen. Und obwohl sie frisch geduscht war, gab es in ihrer Nase immer noch bunte Popel. Und auch alles, was aus ihren Ohren kam, hatte schillernde Farben. So etwas wie dieses Schulfest hatte sie noch nie erlebt. Unfassbar, dass Fritzi nach dieser Feier einfach schlafen konnte. Den ganzen Nachmittag waren sie Schlitten gefahren, hatten Eis gegessen, getanzt, gesungen und waren gerutscht. Es gab ein Wettfliegen in den Blasen, das Sabita gewonnen hatte. Felix, der Zweiter wurde, applaudierte am lautesten.

Sie hatten eine lange Schnitzeljagd über die ganze Insel veranstaltet, bei der sie bunt leuchtende Marshmallows fangen mussten.
In Alvas Kopf dröhnten das Gelächter und der schräge Gesang vom Nachmittag. In ihrem Magen gluckerten der Punsch und viel zu viele Fruchtkügelchen.
Sie konnte einfach nicht schlafen. Deshalb beschloss sie, den längst überfälligen Brief an ihren Bruder zu schreiben.
Sie knipste das kleine Lämpchen an ihrem Bett an. Fritzi drehte sich murrend um und schlief weiter. Alva stand leise auf und suchte nach Papier und einem Stift.
Wieder in ihr Bett gekuschelt, fing sie an zu schreiben:

Lieber Carlos,

hast du wirklich Mamas Rosenbeet in die Luft gejagt? Da wäre ich gern dabei gewesen. Aber sicher hat das Riesenärger gegeben. Bei den Rosen versteht Mama gar keinen Spaß. Sie spricht sogar mit ihnen. Bin ich eigentlich die Einzige, die DAS merkwürdig findet?

Du fragst, ob wir auch normalen Unterricht haben. Ich finde schon, dass die Stunden normal sind, nur eben lustiger als an unserer alten Schule. Meistens zumindest. Das Sonnensystem-Projekt diese Woche war unfassbar langweilig. Genau wie der Lehrer, der es unterrichtet hat. Ich hatte wirklich manchmal das Gefühl, die Zeit ist während des Unterrichts einfach stehen geblieben … oder sogar rückwärtsgelaufen.

Eine spannende Sache habe ich aber gelernt. Wusstest du, dass die Erde sich nicht in 24 Stunden um sich selbst dreht, sondern es nur 23 Stunden, 56 Minuten und 4 Sekunden dauert? Seltsam, oder? Es fehlt uns jeden Tag ein bisschen Zeit und wir merken es nicht einmal.

Viel lustiger als das Projekt war aber unser Schulfest. Es gab eine richtig lange Wasserrutsche. Und ein riesiges Planschbecken voller Götterspeise, in das man mit Klamotten hüpfen durfte. Außerdem konnte man so viel Eis essen, wie man wollte.

Bald fahren wir zu einem Fußballturnier. Unser Schulteam spielt dort um einen Pokal, den es noch nie gewonnen hat. Alle sind schon total aufgeregt, weil wir dieses Mal echt eine Chance auf den Sieg haben!

Natürlich vermisse ich dich sehr. Und du hättest hier jede Menge Spaß. Als ich Fritzi von deiner Ameisenfarm erzählt habe, war sie absolut begeistert. Ich hoffe, sie hat verstanden, dass ich KEINE Ameisen im Zimmer haben möchte.

Sag den anderen einen Gruß und lass Mamas Rosen in Ruhe. Dann bekommst du auch nicht so viel Ärger.

Ganz, ganz liebe Grüße, halt die Öhrchen steif!

Bis bald
Deine Alva

HERRN PETRULLAS SCHULKARTEI

ÜBER ALLE GRENZEN

DIE SCHOOL OF TALENTS

LOTTE FÄRG

GEBURTSTAG: 12. NOVEMBER

WOHNT ZUSAMMEN MIT: NELE ARAZANG

BEGABUNG: TALENT DER SINNE

MERKMALE: LOTTE KANN SICH SELBST UND IHRE UMWELT DURCH BERÜHRUNG EINFÄRBEN. MALT SEHR GERNE UND HILFT DER THEATER-AG BEIM KULISSENBAUEN.

AG: MALEN UND ZEICHNEN, GESANG

☑ P. Petrulla

SCHOOL OF TALENTS

TILL MARTENS

GEBURTSTAG: 16. MÄRZ

WOHNT ZUSAMMEN MIT: JONAS SATTLER

BEGABUNG: TALENT DER VERWANDLUNG

MERKMALE: TILL KANN SICH SCHRUMPFEN. KANN ER AUCH WACHSEN? DENKT SEHR LOGISCH, KÜMMERT SICH UM SEINE MITSCHÜLER*INNEN. MANCHMAL ETWAS UNSICHER. AG: FUßBALL (TORWART) UND ZEICHNEN

☑

Dies war der vierte Band von „School of Talents“.

Was für eine Feier! Alva kann noch wochenlang von nichts anderem sprechen als von dem Farben-Fest. Zum Glück läuft die Zeit auf der Insel wieder normal, und noch wichtiger: Sabita und Felix haben sich vertragen! Schließlich steht das große Fußballspiel gegen die Primelschule an und das Team der SCHOOL OF TALENTS trainiert, was das Zeug hält! Sie wollen den Pokal dieses Jahr unbedingt gewinnen. Doch die Kinder aus dem gegnerischen Team dürfen auf keinen Fall das Geheimnis der Schule erfahren … ob Alva und ihre Freunde ihre Talente gut genug im Griff haben?

Lies weiter in:

ÜBER ALLE GRENZEN
SCHOOL OF TALENTS
FÜNFTE STUNDE: KLASSEN TREFFEN!

Leseprobe aus

Über alle Grenzen – School of Talents
Fünfte Stunde: Klassen treffen!

Am nächsten Tag startete das neue Projekt bei Frau Tinerius. Es ging um Papier in all seinen Formen und Funktionen. Alva rollte einen Sitzball neben Till. „Ich bin echt gespannt, was wir heute machen“, sagte sie aufgeregt.
„Wetten, da kommt was mit Pappmaschee?“, antwortete Till.
„Falsch“, mischte sich Frau Tinerius ein. Sie deutete mit einer zusammengerollten Zeitung auf Elwin. „Du bist mein Freiwilliger“, bestimmte sie und winkte ihn zu sich her.
Widerwillig stand Elwin auf. Gespannt verfolgten die Kinder, wie die Lehrerin die gefaltete Zeitungsrolle durch seinen Gürtel fädelte. Die Enden des Papiers schraubte sie mit einer Zwinge zusammen und hakte sie in einen

Karabiner ein. „Das hier ist eine Zeitung, wie ihr sie überall kaufen könnt“, erklärte sie den Kindern, während sie Elwin an den Schultern zum niedrigen Zaun am Rand der Plattform führte. „Ist dein Drache flugbereit, Elwin?“
Als der Junge verwirrt nickte, hakte Frau Tinerius blitzschnell den Karabiner an ein Stahlseil, öffnete das kleine Türchen und gab Elwin einen Schubs. Mit einem überraschten Quietschen rutschte er das Seil entlang. In der Mitte des hohen Raumes blieb er hängen und baumelte, begleitet vom Raunen der Klasse, mehrere Meter über einem Riesentrampolin.
Ein Mädchen hinter Alva flüsterte aufgeregt: „Wenn der sich gleich verwandelt …!“
Doch Vincent, Elwins Freund, widersprach sofort: „Niemand hat sein Talent besser im Griff als El!“
Frau Tinerius drehte sich zur Klasse und nickte Vincent zu. „So, überlegt mal: Warum reißt das Papier nicht? Es ist doch total dünn“, fragte sie laut und zerriss dabei langsam einen großen Bogen Zeitung.
Elwin ruderte an seinem Zeitungsseil mit beiden Armen, bis er zur Klasse schauen konnte. „Frau Tinerius? Sie lassen mich hier aber nicht hängen, bis die eine Antwort gefunden haben, oder?“, beschwerte er sich.

Die Lehrerin musterte ihn, ohne eine Miene zu verziehen. „Möchtest du lieber runter?", fragte sie.
„Wenn sich's irgendwie einrichten lässt, ja", antwortete Elwin.
Die Lehrerin zückte eine Wasserpistole und zielte auf das Zeitungsseil. Das Papier weichte auf und riss. Mit lautem Juchzen fiel Elwin in das Trampolin.
Mala stieß einen leisen, anerkennenden Pfiff aus. „Erstaunlich treffsicher", bemerkte sie.
Frau Tinerius drehte sich zur Klasse um, als wäre nichts gewesen. „Nun seid ihr dran. Warum hat die trockene Zeitung gehalten? Warum ist sie gerissen, als sie nass geworden ist? Und wie stabil ist Papier eigentlich?", fragte sie die Gruppe und deutet mit ihrer Wasserpistole auf den Stapel Zeitungen in der Ecke der Plattform. „Sucht euch eine der Fragen aus und versucht, sie zu beantworten."

Dieses Abenteuer erscheint im Frühling 2023.

Silke Schellhammer wuchs in einer Großfamilie auf, in der viele Geschichten erzählt wurden. Sie waren nicht unbedingt wahr, aber immer gut. Das Erstaunen darüber, wie großartig wirkliche und erfundene Begebenheiten nebeneinander existieren können und dass Realität letztendlich eine Frage der Wahrnehmung ist, ließ sie mit dem Schreiben beginnen. Sie wäre liebend gerne Lehrerin auf der **SCHOOL OF TALENTS**!

Schon als Kind besaß ***Simona M. Ceccarelli*** das geheime Talent, auf einem leeren Stück Papier ein Fenster hinein in Geschichten und zu anderen Welten zu schaffen. Es gelang ihr, dies durch eine lange wissenschaftliche Karriere hindurch verborgen zu halten, doch schließlich tauschte sie den Laborkittel gegen ihren Bleistift ein. Simona studierte an der Academy of Art University in San Francisco und seit 2016 illustriert sie Bücher, Spiele und andere Produkte für Kinder. Heute lebt sie mit ihrem Ehemann, zwei Kindern, drei Nationalitäten und vier Sprachen in der Schweiz.

DIESES BUCH MACHT WÜNSCHE WAHR!

Sabrina J. Kirschner
DAS BUCH DER (UN)HEIMLICHEN WÜNSCHE 1: AUF SAFARI
Hardcover
256 Seiten
ISBN 978-3-551-65326-0
Auch als E-Book erhältlich

NOAH FINDET IN SEINER SCHULTASCHE EIN SELTSAMES BUCH – voller (un)heimlicher Wünsche. Und eine Botschaft: Erfülle Malees Wunsch – dann hast auch du einen Wunsch frei! Du darfst dir alles wünschen, was immer du willst! Leichter gesagt als getan. Denn Malee wünscht sich eine Safari! Aber Noah wohnt nicht in Afrika. Wie soll er das schaffen, ganz ohne Magie? Eine verrückte Erfinderin, zwei ausgebuffte Ganoven und jede Menge Tiere machen das Chaos komplett.

WWW.CARLSEN.DE

CARLSEN

Weitere Abenteuer in Vorbereitung.
„School of Talents" gibt es überall im Buchhandel
und auf carlsen.de

Mit Fragen zur Produktsicherheit wenden Sie sich bitte an: carlsen.de/kontakt

Die Autorin wird vertreten durch die Autoren- und
Projektagentur Gerd F. Rumler (München).
Umschlag und Innenillustrationen: Simona M. Ceccarelli
Umschlaggrafik: Simona M. Ceccarelli und Sabine Reddig
Lektorat: Anna Herberhold
Gestaltung und Herstellung: Constanze Hinz und Konstantin Kleinwächter
Satz: Pinkuin Satz und Datentechnik, Berlin
Lithografie: Margit Dittes Media, Hamburg
ISBN 978-3-551-65146-4

ÜBER ALLE GRENZEN
DIE SCHOOL OF TALENTS